中国当代文学名家精品集

夏 著

水墨繁华

成都地图出版社
CHENGDU DITU CHUBANSHE

图书在版编目（CIP）数据

水墨繁华 / 盛夏著 . -- 成都：成都地图出版社有限公司 , 2025.5. -- （中国当代文学名家精品集）.
ISBN 978-7-5557-2806-1

I . I267

中国国家版本馆 CIP 数据核字第 2025UM5511 号

中国当代文学名家精品集：水墨繁华
ZHONGGUO DANGDAI WENXUE MINGJIA JINGPIN JI: SHUIMO FANHUA

著　　者：	盛　夏
责任编辑：	王　颖
封面设计：	李　超

出版发行：成都地图出版社有限公司
地　　址：四川省成都市龙泉驿区建设路 2 号
邮政编码：610100

印　　刷：三河市人民印务有限公司
（如发现印装质量问题，影响阅读，请与印刷厂商联系调换）

开　　本：	710mm×1000mm　1/16		
印　　张：	13	字　　数：	200 千字
版　　次：	2025 年 5 月第 1 版		
印　　次：	2025 年 5 月第 1 次印刷		
书　　号：	ISBN 978-7-5557-2806-1		
定　　价：	68.00 元		

版权所有，翻印必究

《中国当代文学名家精品集》
编 委 会

主　编　王子君

副主编　沈俊峰　陈　晨

编　委（按姓氏音序排列）
　　　　　陈长吟　陈　晨　韩小蕙　李青松
　　　　　聂虹影　孙　郁　沈俊峰　王必胜
　　　　　王子君　徐　迅　朱　鸿

出版说明

2023年春，教育部等八部门印发《全国青少年学生读书行动实施方案》。随后，122家国家语言文字推广基地共同发出"典耀中华"主题读书行动倡议。一些具有文化情怀的出版社和文化公司，立即响应，策划各种适合青少年阅读的图书，《中国当代文学名家精品集》书系应运而生。

《中国当代文学名家精品集》书系由北京世图文轩文化发展有限公司（下称"世图文轩"）策划，由成都地图出版社出版。我非常荣幸地受邀担任主编。

世图文轩成立于2010年，系北京市内乃至全国较有影响力的图书发行公司之一，曾获得"重合同守信用企业""诚信经营示范单位"等荣誉称号。长期以来，世图文轩和众多出版社就优质图书出版进行合作，获得了合作伙伴的一致好评。在"典耀中华"主题读书行动中，他们敏锐地抓住机遇，迅速策划主要以初、高中生为读者对象的大型书系选题，显现出他们的眼光、魄力与胸怀，以及对于文化市场的拓展理想。我相信，这样一家致力于图书策划、出版的公司，其品牌信誉是毋庸置疑的。

为成长中的青少年读者集中呈现名家优秀作品，是一件虽然困难，却功在当代、利在未来的大好事，我能参与其中，与有荣焉。我必须以一种高度的使命感、责任感以及担当精神来做好这个书系，成就这件大好事。

令人特别感动的是，刚开始组稿时，刘成章、王宗仁、陈慧瑛、韩小蕙、王剑冰、李青松、沈念等老师就对这个书系表现出极大的支持和信任，并在第一时间提供了书稿以示鼓励。很快，几乎所有得知此书系的作家都认为这是在为作家、为"典耀中华"主题读书行动做一件好事、大事。由此，我和我的临时编辑室成员获得了极大的信心，热情也更加高涨，此后连续十个月，我们整个身心都扑在了这件事上。

一个人只要用心做事，人们是会感受到的，也会默默地予以支持。事实上也是如此。随着组稿工作的开展，我们和作家们的沟通日益频繁，我们发现，他们除了都表现出对这个书系的兴趣与认可，对当代散文创作的发展、繁荣的前景，还有一种共同的期待与信心。这对我们无疑是一种更为巨大的鼓舞与动力。

组稿虽然也费了不少周折，但总体上比想象中顺利得多。当然，非常遗憾的是，一部分作者由于手头书稿版权等原因，未能加盟到这个书系。

组稿只是我们工作的一部分，更为具体、更为烦琐的，是审稿事务，它出乎意料的繁重，也占据了我们比预想的多得多的时间和精力。偶尔，我们也有点儿想放弃了，但是，想着这是一件功德无量的事，又兀自笑笑，继续埋头苦干。在这个过程中，感谢师友们对我们工作的配合、理解、支持与信任。

静下心来，切实感受审读、编辑工作的价值和意义。

书系里，名家荟萃，佳作如林。有的，曾代表过一种新的创作范式；有的，曾开启过一种创作方向；有的，对某一题材开掘出更深更独特的思想；有的，有引领某类题材与风格的新面貌；等等。毫不夸张地说，散文多角度多样式的表达，在这个书系里应有尽有，全景式、全方位地呈现出中国散文几十年的创作成果，是当代散文创作的一个缩影。

总体上，无论是题材、创作方法，还是思想容量，此书系都呈现了散文广阔的视野，让我们感受到散文天地的无垠无际。

具体来说，以下几个特点特别明显：

一、作者队伍可谓老中青完美结合。入选作者的年龄跨度最大达半个多世纪，上有鲐背之年的高龄名将，他们文学生命之树长青，宝刀不老，象征着老一辈散文家依然苍翠的文学生命力；最年轻的三十出头，他们雏凤声高，彰显散文创作的新生力量蓬勃兴旺的景象；一大批中壮年作家，是当代散文创作领域里当之无愧的中坚基石，他们的创作正处于繁花似锦的鼎盛时期，实力毕现。

二、题材多元多样，内容丰富多彩。书系中，既有涉及上下五千年历史的洒脱智慧的历史文化散文，又有让人惊艳的初次涉猎的新颖、独特题材。有人写亲情，有人写风景。有些人写自己的童年，让我们看到其成长时代；有些人写一个城市或一条河流的前世今生；有些人写自己对故乡的记忆，从更有新意的视角表现这个时代的巨变；有些人集中了自己几十年的写作精品，让我们看到他们的创作道路上的足迹；有些人专注于一个主题，开掘深挖，独具魅力；有些人关注时代、关注身边的人和事；有些人剖析自己的内心情感……总之，反映中华传统文化、红色文化和当代自然文学精粹的作品，在此书系里比比皆是，或温暖动人，或鼓舞人心。

三、风格百花齐放，个性特点鲜明。几十部作品，有的侧重写实，有的侧重抒情，有的注重开掘思想，有的追求内容唯美，有的描写细致入微，有的叙述天马行空……表现方式千姿百态。但无论哪种风格，无论如何表达，皆个性鲜明，情感饱满，呈现出思想性、艺术性、可读性兼备的特质，读者可以从中获得不同程度的启发，感受到散文的魅力。

四、女性作者跳出了人们对"女性散文"固有的观念。书系中占有一定比例的女性作者，她们的作品虽然仍保留细腻敏感的特色，但大都呈现出大气开阔、通透有力的格局。她们温柔而现代的行文表达，对读者来说有着更为别致的情感体验和人生借鉴意义。

总之，这个书系，将是我们打造阅读品牌的开端。如果你愿意静下心来阅读，你一定会有所收获。

习近平总书记在文艺工作座谈会上讲话时指出："优秀文艺作品反映着一个国家、一个民族的文化创造能力和水平。吸引、引导、启迪人们必须有好的作品，推动中华文化走出去也必须有好的作品。"我们希望，这个书系能成为读者眼里"正能量、有感染力、能够温润心灵、启迪心智，传得开、留得下，为人民群众所喜爱"的"优秀作品"。

在此，特别感谢沈俊峰、陈晨两位搭档的通力协作，我的编辑朋友梁芳、胡玉枝的倾力相助，以及世图文轩、成都地图出版社上上下下推进此书系出版的所有领导与师友的大力支持和耐心细致的工作。他们让我感受到了团队的力量。同时，也特别感谢出版方将我和我的搭档的作品纳入此书系，我们把此举视为对我们的"嘉奖"。

上述文字，不敢称"序"，不敢称"前言"，甚至不敢称"出版说明"，仅表达此书系的缘起和一些组稿、审读的感受，也许过于肤浅，还望广大作者、读者海涵。

《中国当代文学名家精品集》主编

目录

辑一

水墨繁华 / 3
南湖时光 / 6
安于泰山 / 9
凤栖梧桐 / 13
齐歌空复情 / 16
灵山岛 / 30
九仙今已压京东 / 34
相册里的娘 / 40

辑二

平湖之春 / 77
旧时芳踪 / 88
悠悠大宋 / 107
信义平遥 / 110
望月 / 120
明石桥 / 123

辑三

两个人的眉州 / 129
是非成败转头空 / 138
驾校往事 / 141
月桂 / 156
菏泽的芬芳 / 181
青青漱玉，梦里故乡 / 184
四叶草 / 191

辑一

水墨繁华

站立在《玉龙雪山》前，粗拙的线条勾出崇山的峻拔，峻拔之上是圣洁。伫立久了，会觉得冷，仿佛那无与伦比的气势，穿越纸背横亘头顶。而后，你会变成一片雪花，在无垠的时空里飘。飘至《江峡泛舟》前，你又觉得成了御风而行的舟中人，群山倏忽，银瀑飞溅，高峡浅浪，蔚为大观。就这样，在现实与意境中恍惚，在色彩与感念中迷幻。

印象里，名字中有"石"的，一般都比较有个性，比如孙大石。到了孙大石美术馆，"先生"在入口处迎候着来人，他嘴唇紧抿，鼻梁高挺，目光炯炯——他的雕像如同他的画，风骨铮铮。雕像后面是他的"自白"："我读了无字天书，上了社会大学，拜了造化为师，画了自我之画，白手起家乎？孤军奋战乎？"

这是孙大石一生的写照。不过，虽是"白手起家"，他的画却实实搅动了画坛。27岁时，他拿着一幅速写给丰子恺看，丰子恺端详半天，发出赞叹："大家在精神，名家在气象，骨性天成，各行其是，此帧骨格昂然，堪称佳作！"李苦禅曾在孙大石的《江帆风顺图》上挥笔题道："师自然即师造化。上帝造万物，画家亦能造万物，画自家画，即开辟自家蹊径也。"在画中，他就是上帝，纵横恣肆，无所不往。凭了自身的灵气和勤奋，他以一支画笔叩开国门，走向世界。

对于先生的热爱，使我对他的家乡有了深刻的印象。高唐历史悠久，人文色彩浓郁，被齐威王视为国宝的田盼、三国名臣华歆、《水浒传》中的小旋风柴进都与高唐有关。还有一位人物，比孙大石早出生20年的写意画大师李苦禅也出生于此。天地造化，两人的村子相距不过十里。

二人的人生轨迹产生了奇妙的错落和纠缠。当孙大石拿着树枝画下云雀时，李苦禅已走出李奇村，在北平的国立艺专学习，并趁空去老师齐白石家学画，晚上还要别着防身的七节鞭拉人力车，为自己挣一份生活费用。孙大石握起画笔时，恰逢抗战全面爆发，他投笔从戎，在战斗间隙画下大量速写。而李苦禅也拒绝了担任伪公职的邀请，参与地下抗战活动，直到被日伪抓走。铮铮铁骨表现在他们极为相似的绘画观上。孙大石说："绘画到了最后，就是思想感情的发泄和人格的较量。"李苦禅认为："人，必先有人格，然后才有画格；人无品格，下笔无方。"

这样两个有着奇妙因缘的人迟早会相遇的，尽管这相遇来得有点儿晚。

1982年的金秋，黄叶如蝶，北京李苦禅的寓所，两位大师的手紧紧地握在了一起，他们悠远而宁静的目光中都泛着微澜。彼此自然谈到了故乡，谈到离家后的雨雪风霜。马颊河还在日夜喧鸣？鱼丘湖或还波光荡漾？那棵700年的老桑依然结着甜美的果实？故乡对一个游子来说，是一生的情感羁绊。此后的相聚里，他们或许曾相约回故乡。可惜的是，次年6月，李苦禅因病离世。孙大石慨叹不已，岁月不饶人，他不能再等了，于是有些迫切地携眷回到了高唐。

高唐张开双臂迎接这位少小离家的老人，为他建了美术馆，后来又为他建了纪念馆。漂泊已久的游子是带着全部积蓄而来的，他用这积蓄修建了希望小学，在高唐一中设立了奖学金。

孙大石美术馆就坐落在鱼丘湖东畔。老人画累了，便踱出那座古朴的庭院，到岸边散散步，吹一吹清润的湖风。湖的南岸，是李苦禅纪念馆。纪念馆中，我看到冷峭的岩石上，一只雄鹰兀立，目光机敏而锐利，身畔是呼啸的长风。画境其实就是心境。馆内有一幅占了整面墙的夏日荷花图，荷叶田田，流水潺潺，红莲炽烈，几只水鸟各成姿态，笔力漫溢出夏的盛大与风华。

两位老人终于在家乡遥遥相视了。

大师的艺术无声地浸染着这块沃土。越来越多的人在他们的根系旁茁然而出。谁能想到，这里的书协、美协会员众多，达到县级展出水平的就有5000人。李奇村有900人，其中能写会画的就有100多人。

高唐不忘锦上添花，建起了书画一条街和书画研究院。除两位大师的美术馆外，还建了四座名家展馆，每年都会举办书画博览会。文化之树根深叶茂，郁郁成林，繁华了这片土地。两位大师若知道，定会露出欣慰的笑容。

南湖时光

写作累了，我便常到南湖公园去转转。一汪湖水，周围种着各种落叶乔木和草本植物。还有一些游乐设施，设在小广场上，供游人使用。最中间的拱桥，如长虹卧波，晚上灯光一亮，波光潋滟，产生一丝秦淮河的感觉。不远的长廊飘来咿咿呀呀的歌声，这种感觉更像了。

毕竟是北方的公园，四季颇为分明。人们最青睐的还是春光。那长长短短、浓浓浅浅的花香冲入鼻孔，使人产生一种愉悦感。而靓丽的颜色，更不知该钟情于哪一朵花。似乎每一种花都想拥有。湖边卧着的是连翘，明黄的花瓣被鱼儿拖下水一些。樱花柔柔粉粉地立在路边，像个温婉的女子。风吹过，花瓣簌簌洒下，也洒下她无限的心事。而碧桃是热烈的、大方的，烈焰红唇，对着每个游人倾吐心扉。树丛间立着玉兰，半透明的花朵庄重矜持地打开，使人仰望。

一日，我正赏花，冷不防被一阵哭声拽走了目光。一个女子蹲在小石桥边，边打电话边痛哭。头发遮住她的眉眼，面目看起来有点浮肿。游人来来往往，她一味沉浸在自己的心境里。我挺为她牵挂，过不几日，却又发现她打扮得齐齐整整，脸上搽了胭脂，抚摸着一朵海棠花浅浅地笑。

夏日，雨水多起来，湖水上涨了不少。鱼儿相约浮上来，湖面如抖动的丝绸。几只很大的乌龟趴在荷叶上，一直趴到日头西沉。湖边，箭一般窜着不少泥鳅，淘气的孩子东蹦西跳，却怎么也逮不住它们。日头一高，阴影似乎也格外浓重起来。若不是放松双眼，我应该不会选择这样的天气出来。那个精精瘦瘦的老头又朝我跑来了。我眼见他从冬跑到夏，从早跑到晚。算起来，几乎每天都在五六万步。我终于拦下了他，问这样高强度的运动，会不会对关节有所损伤。他扬着头说："丫头片子，你还没来南湖的时候，老爷子就已跑六七年啦。瞧，我一踹，树都得发抖！"他果真踹了一脚身边的柳树，柳树弯下腰来。老头哈哈笑着又跑远了。

云似乎在不停地上升、上升，到秋季时，飘到了最高点。轻盈、洁白，映在湖里，让人分不清湖是天，抑或天是湖。人在岸边待久了，一不留心会飞到天上去。这样的好天气，适合放风筝。大人孩子笑闹着，将一只只蜈蚣、游龙、宫灯、蝎子抛向天空，连孙悟空也出来了。它们追逐着、厮缠着，上演又一出大闹天宫。果实也在无声无息地长大，茸毛退却，皮肤变得光滑，汁水也甜润起来。一些鸟雀抓住树枝，抻着脖子，啄出一个又一个窟窿。树枝飒飒舞动，却不能摇落它们。

我立在湖边，久久凝望着泰山。此时，它是明净的、敞亮的。红黄绿掺和在一起，像幅绝世锦绣。偶尔云飘过，为它系上一条条纱巾。看着看着，我便入了神。一个声音在耳旁一炸："喜欢泰山吧？泰山可是全天下最美的山！"我扭过头，一个矮个老汉抱着胳膊，不知从哪儿过来，也望着泰山。他说自己明天就要上山采灵芝。"灵芝晓得不？可是让许仙复活的仙草！许仙一吃它，魂儿就从九天飞回来了。""灵芝不好找呢。"我说。他鼻子一哼："看本事哩，我懂灵芝，好比灵芝懂我。它们喜欢被采下来。在山上待久了，它们也想四处转转呢。"他塞给我一张名片，告诉我需要灵芝，尽管找他。

金风的作用下，湖水一日日凉起来，鱼和龟再也不肯轻易浮出水面了。而天敌总是喜欢它们。那些钩嘴白羽的大鸟杵在岸边，一眨不眨盯着湖面，一戳，嘴里便多了一条活蹦乱跳的鱼。它们要一直吃上五六条，方满意地挥动翅膀，飞回湖心石上。水柳的花穗被风摇落了，芦花黄黄的，四处漫舞。树一天天秃起来，显出苍虬的枝干。一只猫打草丛里钻出来，蹭我的膝盖。我弯腰抚摸它，它喵喵地叫着。然而我没带吃的，我只好继续抚摸它。一个老太蹲下身："千万别惯它，园里不少老鼠呢，护园人也会时不时投递一些猫食。"猫似乎听懂了她的话，睨了一眼，甩着尾巴走开了。

我们搓着手，白雾袅到空中。老太说，若不是疫情，自己这会儿一准在意大利了。我不由瞥她一眼，皱纹纵横，眉目平平，不像个快意生活的人。她呵口气说，自己撑了一个水果店大半辈子，儿女都成了家，非报旅行团让她到处走走。这几年，祖国的大好河山基本走遍了，还去了美国、加拿大、西欧一些国家。她一直很向往意大利，听说有个什么"白露里古城。""人总要有点理想的，对不？"我点点头。

湖水终于被冰封住了，亭台也好似冻住了。有着繁复花纹的石头，摸上去凉凉的，阴云在远处漂浮。可我知道，过不了多久，空气又会如花筒般噼噼啪啪地炸裂，浓浓淡淡的花香又会把我包围。

安于泰山

2003年春,一个傍晚,我坐在拥挤的火车上,借着昏黄的光看一本书。我沉浸在书的意境里,忘记了报站的声音。只觉得身边人有一阵熙熙攘攘,人腿在余光中转来转去。我没有在意。等我合上书,报站的声音又起:"泰安站到了,有下车的旅客请下车。"我产生了一丝懵懂,忽而才发觉,我已经错过了要去的济南,到了下一站泰安。

我赶紧跳下车,呆呆地看着火车如一条长蛇而去。我补了票,走出站台。回转的火车已经没有了,我只好乘坐汽车。我打了一辆出租车,匆匆往汽车站赶去。透过不怎么明亮的玻璃,我看到夕辉笼在泰山的山头,云镀了一层金边,慢慢地漂浮着。金边淡了,云也隐没了。天黑了下来。整个小城,被暮色包裹了。

这是我第一次遇见泰山,跑进泰安的领地。或许是一种缘分,毕业后,家在潍坊的我,竟鬼使神差地被分到了泰安工作,且一待就是十几年。

刚来泰安时的我,血气方刚,喜欢人潮涌动的地方。泰安这个城市似乎太小,容不下我那颗跃动的心。我想,过上几年,也许我会走出泰安,奔向上海、北京或别的大都市。

我所在的单位旁边有一条河,人称"漆河"。泰山是东岳大帝的居所,所有人死后灵魂都要归于蒿里山,因而这漆河,有人便称之为"奈河"。巧的是，河上也有桥，类似赵州桥样式。桥上却没有孟婆，只有一些卖莲子、水果或折扇的。孟婆在桥上灌人迷魂汤，是"索人灵魂"的买卖，这里卖物什的人，却纯粹是为丰满人身、强壮躯体，行一种善事。再过去桥不远，有座亭子，檐角如展翅之鸟，欲飞空中。有人在亭内乘凉、下棋，举目能望到泰山。

对泰安的感情是一点一点地培养起来的。就像一个人，面对他的母亲，尚不知母亲的丰厚、动人，只有在时光中一点点地去发现。每天下班，我都要经过岱庙。而这里，是帝王们来封禅和祭拜东岳大帝的地方。岱庙门前有一棵几百年的老槐树，被人们用汉白玉砖围起来，周围的人、车都为它让路。走过老槐树时，会感觉到一股清凉，也会想到，人生在世，不过匆匆过客，而它，却千年百年地看着我们，阅尽众生。

职场新人没有太多积蓄，最初，只好租房子住。最早，我租住在单位后面的一个小区，旁边就是夜市。晚上，夜市闹闹嚷嚷，充满着活力，卖小吃的、卖服装的、卖工艺品的……鳞次栉比。这里行不得车，自行车也只好推着走，因为太过繁华。街灯隐在百年树间，闪闪烁烁，似乎与时断时续的吆喝声和说笑声相和。我坐在自己的斗室里，听着声音好似被筛子滤了一遍，一边嚼新鲜的莲子，一边读张爱玲、沈从文，偶一抬头，一只花猫在屋瓦上蹑着脚走来走去。

两年后，我搬到南湖旁一个朋友的房子里。南湖原先没有湖，也没有亭台楼阁，而是后来改造而成。下了班，我便去湖边散步。鲁地的人特别喜欢豫剧，一些大爷大妈，吹着笙箫，敲着锣鼓，组成了业余豫剧队，暮色一上，就在长廊下唱《打金枝》，唱《花木兰》，唱《朝阳沟》。花脸长腔，吸引者众。而玉兰花、海棠花的香气传来，拂到人面，人有如蜂蝶，落在了花中。

第三次搬家，是搬进了自己的房子里。离单位四五站路，挺是方便。最满意的是，举头即可见泰山。事实上，泰安的人，抬头见山，是习以为常的风景，因我是外地人，故而格外心动。我对远方的朋友说起，我家就住泰山脚下，他们往往一副歆羡的表情。我又加强语气，对他们细致地说起不同时节泰山的景色：春天，百花烂漫，泰山的颜色是黏稠的，层次不分的，红夹杂着绿，粉淹没着紫，使人产生一种愉快的烧灼感；夏天翁郁，绿是主场，雨水也多，动不动云遮雾绕，山似游龙，神出鬼没的；秋天，浓郁退却了，红红黄黄，显出另一种明艳；而到冬天，一切肃杀起来，山阴着脸，云也不再轻盈，万物屏了呼吸，在默默地生长……我这样描绘的时候，朋友们往往听得一惊一叹的。我便趁机说："来泰山吧，咱们做邻居！"

日久，我便发现泰山的更多好处。它就像一面屏风，渐次打开它的内容，让我也禁不住惊叹。泰安，居然是李白隐居六年的地方。泰山二十里外，有一座徂徕山，山清水秀，风光旖旎，李白和孔巢父、韩准、陶沔、张叔明等人在此游山玩水，谈诗论道，人称他们为"竹溪六逸"。杜甫呢，也是来过泰山的。他父亲在不远的兖州做司马，泰山属兖州管辖。杜甫与泰山的苏源明等人相好，经常转来转去，还写下了那首著名的《望岳》。写此诗时，杜甫尚未经历人生的诸多磨难，心情一片明快、自信，以济天下为己任。后来，他入洛阳，走长安，进成都，几番不顺，终至湖上漂泊而死。可以说，泰安，为杜甫留下了人生中最美也是记忆最为深刻的时光，这从他以后的一些诗作可以看出。至于历代帝王，就更不用说了，秦皇汉武，唐宗宋祖，总要想法来泰山一趟，祭拜泰山神，昭告天下，举国升平。那时，没有轿车，全凭车马和人力到达泰安，登上极顶。这对帝王们来说，是多么自豪的一件事。当他们走过中天门，攀上南天门，登临玉皇顶，览九州风韵，看云海翻滚，胸中的气魄更加宏大。经与东岳大帝相会，治理天下更加有了信心，而后，打道回宫。皇帝中来泰山最多的是乾隆，十次来到泰安，六次登上山顶。他可能是看过泰山壮美景致最多的人，旭日东升、云海玉盘、晚霞夕照、黄河金带等奇观一定是一次次入了他的眼睛，让他禁不住作诗吟咏。在泰安，乾隆留下了170多首咏颂诗和130多块碑碣，充分记载着他对泰安的喜爱。

后来，因工作关系，我多次出差，到过北京、上海、郑州等不少大都市。一走出车站，熙熙攘攘，浓重的压抑感扑面而来。我知道，这是我常年沐浴山风，徜徉山中所致。我如一只松鼠，习惯了山林生活，已难以再适应大都市的拥挤和繁华。而这，又有什么呢？我称自己为山人。陶渊明不是也采菊东篱，举目见南山么？而我，日日所见的，可是泰山。

朋友们来，我每每乐得给他们当导游，趁势把泰安的诸般好处塞进他们的心里。我带着他们爬泰山，去岱庙，逛地下龙宫，看花海，游东湖，登徂徕山。直逛得朋友们眼花缭乱，啧啧称叹。我便又趁机说："来泰山吧，此地好山好水，悠游无际……"朋友们果真动了心思，有的还迅速地在泰安买了房子。我想，等我老去，一定会像李白那样，拥有诸多的知己，我们一起啸傲山间，品茶观月，也做一回逸世之人。我们互相称之为"泰山散人"。

凤栖梧桐

我刚出生的时候，爹娘在灶房旁栽了一棵梧桐树。当我五六岁时，梧桐树已长得比屋顶还高，郁郁葱葱的枝叶遮挡了一方天空，袅袅的炊烟也得从它的缝隙里钻过。

娘警告我："千万别爬梧桐树。""为啥？"我仰起小脸问。娘瞥一眼天空，笑着说："梧桐树上栖着凤凰。"

凤凰是什么？娘告诉我，它是一只长着七彩羽毛的鸟，它在哪儿，哪儿就有好运。

傍晚，娘让我烧火。我把棒槌骨头放灶里，火一下一下地舔着锅底。火真是奇怪，生着无数小舌头，新生的小舌头蓝莹莹的。等火势稳定下来，我便跑到院子里看梧桐树。最下面的叶子像大巴掌，越往上，巴掌越小。凤凰呢？它栖在哪个树杈上？我左找右找。一只麻雀飞过来，落树枝上，一会儿，又飞来一只。我捡起一块小石头，把它们吓走了。凤凰也许还小，害怕受到惊扰。我一下一下地望着梧桐树。树叶子飒飒舞动，仿佛唱起欢快的歌曲。我的心里也十分畅快。

我喜欢春天的梧桐树。那时，它会开出一串一串紫色的花，很香。清甜的香气弥漫了整个小院，又往天际飘去。凤凰也喜欢这种香气吧？要不，它怎么选择栖在梧桐树上？我被这香气熏醉了，想必它也被熏醉了。树上偶尔传来一两声悠长的鸣叫，也许是它的歌声。我不舍得打梧桐花，我只打杨花、槐花。梧桐花留给凤凰好了。

　　毒辣的日头下，我折下最底下的一枚梧桐叶子，挡在头顶。我跳在大街上，去村西的育红班。隔壁张老头笑嘻嘻地说："哎哟，红红爱臭美喽！"我用叶子遮住脸，白他一眼。到了学校，叶子已有点蔫了。不过没关系，洒上一点水，它很快又会清灵起来。

　　下雨的时候，我也喜欢撑叶子伞。雨点啪嗒、啪嗒地敲在叶子上，像仙女在弹琴。"小雨沙沙沙，沙沙沙，种子种子在说话。哎哟哟，我要发芽，我要长大……"我哼着这首儿歌。凤凰呢？此刻，它一定躲在窝里吧。这几天，我发现树上多了一个老大的黑黑的窝。它敦敦实实地嵌在几根枝杈间，比我看到的任何鸟窝都大。也许凤凰就藏在里面，风吹不着它，雨淋不到它。凤凰比我想的更聪明。

　　一场雨后，梧桐树下往往多出来一些小窟窿。我将小指头伸进去，没一会儿，指头麻酥酥的，一只知了猴攀了上来。我把它放在蚊帐上，目不转睛地看着。它会变成知了，在梧桐树上没命地聒噪。我不想让它打扰凤凰。安静的空气里，知了猴一点点地裂开背壳，探出一个完全不同的湿淋淋的身子。它生出来一对透明的翅膀，还有两只又大又鼓的眼睛。盯着盯着，我揉揉眼，歪在床上。等我醒来，知了已不见了。我光着脚跑出屋，果然看到它正抓着一根树枝，"知了——哈哈，知了——哈哈"地叫。我只能眼巴巴地望着树枝。

　　我这么喜爱凤凰，终于有一天，见到了它的影子。那是一个午后，天气非常闷热，乌云浓浓地挤在一起。忽地，一道白亮的光划破长空，一个个雷滚落下来。闪电在偌大的天幕上不停地舞蹈，喧嚣。这时，一道刺目的光线落在了梧桐树尖上。仿佛一支火柴，瞬间，红黄橙几种颜色沿着树身迅速溢开，一只大鸟从树冠里一蹿而上，飞向遥遥的天心。灰暗的背景下，它是那么明丽、动人。我呆呆地望着、望着。它消失了踪影。等雷暴平息下来，梧桐树仿佛矮了一截。

我决心寻找凤凰。等爹娘出去了，我抱住梧桐树，猴子一样艰难地攀爬着。梧桐树这样地高伟，我小小的胳膊搂不过来。我一边爬，一边喘着粗气。我要到那高高的窝里看看，凤凰究竟还在不在。我一点一点蠕动着，眼下的世界一寸寸小了起来。瓮变成了一个盆，月台好似一张长长的桌子，被炊烟熏黑的墙面则像支毛笔刷子。当我又揪住一根树枝使劲一蹭的时候，脑袋一蒙。等我醒来，发现已躺在我娘的怀里。

娘眼角残留着泪痕，几道浅浅的皱纹簇在一起："死丫头，你爬树上干吗？"

"找凤凰……"我小声地说。

娘嘴角一动。

"凤凰还在不？"

娘沉默一会儿，摇了摇头："飞走了。你一上树，它就吓得飞走了，不过你还可以把它找回来呀。"

此后，我每天都好好地吃饭，好好睡觉，好好学习。我个儿蹿得快，身板硬实，成绩也不错。许多人夸我像只小凤凰。可我只想哭。我做这一切，可都是为了寻找那只不知影踪的凤凰。

齐歌空复情

作为一个齐鲁人,我从来没有想到,诗仙李白——这个绣口一吐,就是半个盛唐的男人,居然会在离我不远的徂徕山隐居了六年!徂徕山离泰山不远,准确地说,相距不过二十来公里。开元二十四年(736年),李白打马来到这里,看到山清水秀,叠嶂层峦,动了隐居的念头。开元二十八年(740年),他的结发妻子许氏去世,他将子女寄于任城叔父那里,自己来到徂徕山,正式隐居下来。那年,他四十岁,徂徕山正值秋日。红叶漫舞,黄叶飘零,一些白练在红红黄黄中飞流直下,让见过无数大山大川的李白十分惊叹。他选择了在山前的竹溪安顿下来。在这里,他结识了孔巢父、韩准、陶沔、张叔明等一干志同道合的朋友,成天吟诗唱和,品茗论道。世称他们为"竹溪六逸"。

李白的籍贯目前普遍认为是中亚的"碎叶城",那是一片挺荒凉的地方。武周去世,中宗复位后,李白家族趁乱迁到蜀地,在那里扎下根来。李白在那里读书练剑,等走出蜀地时,已是一位星眸皓齿、心怀天下的青年。他漫游到安陆一带,在那里成了家,成了一位好丈夫、好父亲。说到底,七尺男儿,当上报国家,下安黎庶。李白也是这么想的(他的诗文中可略见一斑)。所以他隐居徂徕山,我怀疑那颗逍遥于青山绿水的心并不那么平静。他并不满足于写写诗文,游游逛逛。生活太惬意了,而人生短促,眼看王维等人平步青云,大展宏图,满腹经纶的他会多不甘心呢！也许，他只在默默地等待机会，说不定唐玄宗再一次封禅泰山时，他正好可以觐见，直达天庭。

　　我这样替李白想着，一边翻看着这期间他的诗作，发现李白真是一个十分有趣的性情中人，可以说，如孩子一般纯真、率性。那些飘逸的诗作显示着他的旷世才情，而诗作里也可以管窥他当时的生活。我们不妨来拈几首："韩生信英彦，裴子含清真。孔侯复秀出，俱与云霞亲。峻节凌远松，同衾卧盘石。斧冰嗽寒泉，三子同二屐……"（《送韩准裴政孔巢父还山》）真难以想象，几个人在一块大石头上盖同一床被子，还穿同一双鞋子。看来，友情一旦进入心田，李白是一点儿也不讲究的。有不识相的儒生老头子嘲笑李白，李白毫不客气地写了一首诗回击："问以经济策，茫如坠烟雾。足著远游履，首戴方山巾。缓步从直道，未行先起尘……"（《嘲鲁叟》）一个假模假样又愚蠢不自知的儒生老头一下子出现在了眼前，叫人忍俊不禁，可见李白嘴皮子和笔杆子同样厉害。山东的夏天是相当闷热的，虽没有现在的尾气等污染，恐怕也得三十几度。李白他们居然脱了衣裳，裸着身子在山林中走来走去，完全把徂徕山当成了自己家。

　　李白也许天生与山东有缘分，他的很多亲友都在山东做官：六叔在任城当县令，兄长在中都（今汶上）当县令，族弟李凝在单父（今单县）当主簿，从祖在济南当太守，近世族祖李辅在鲁郡（今兖州）当都督……也可以说，李白的岳父去世后，是山东的亲友将他从安陆召唤而来。李白在这里不缺吃，不缺穿，还有好山好水相看，并有一帮好朋友。

　　泰山离徂徕山这么近，山水品鉴大师自然不会错过。742年，也就是李白隐居徂徕山的第二年，他来到了泰山。当时正是春季，百花怒放，绿意葱茏，兴奋的李白看到泰山龙蟠于齐鲁，吞云吐雾，玉皇顶直插霄汉，他一下为泰山写了六首诗，比给杨贵妃的还多。

平心而论，这些诗是相当不错的，现实与想象相结合，风流、恣意。但他没有想到的是，两年之前，他的崇拜者杜甫就来到泰山，一番凝望之后，写了一首《望岳》，力压李白六首。后来，杜甫拿出《望岳》给李白看时，李白也深为折服。

此时，杜甫和李白并没什么交集。齐鲁大地只是为他们的相会做了一个亘古而存的平台。杜甫的父亲在兖州任司马，却在741年去世了，杜甫只好回到洛阳的窑洞里生活。

李白以徂徕山为中心，将齐鲁大地游览了个遍。那滔滔的泗水，滚滚向前奔涌，孔夫子站在岸上，忍不住发出"逝者如斯夫！不舍昼夜"的感叹，不知李白看着滔滔河水，是否也涌起了对时光白驹过隙的一缕惆怅？那宝相寺里，至今留存着一颗佛牙，传说到了夜晚，会发出熠熠光芒；那菏泽盛放的魏紫姚黄，不知是否要让李白眼花缭乱？还有济南随处可见的泉水，从地下汩汩而出，清澈不息，是否让见惯"飞流直下三千尺"的李白大为惊叹？还有那弯弯曲曲的黄河，携泥带沙不失勇猛，一头扎进无边无际海的怀抱……山东的一山一水像快速翻动的一帧帧画面，让李白应接不暇，心生感慨。他在明山秀水中沉醉着，直到沦陷。山东的人也是那么厚道、朴实，热爱诗歌。有一个小吏，十分崇拜李白，李白行经汶上时，小吏专门提了两条大鱼和一斗酒非要宴请李白。李白很感动，让厨子把鱼炖了，又点了几个菜，两个人喝得不亦乐乎，云里雾里。在兖州，李白经常去贺兰氏酒楼，酒楼的老板娘贺兰氏也喜爱李白的诗歌，干脆免了李白的一切用度，让他日日空占一张椅子。惬意的诗酒生活外，李白也留心着身边的风光，他发现鲁地的女子蛮漂亮的："鲁女东窗下，海榴世所稀。珊瑚映绿水，未足比光辉。清香随风发，落日好鸟归。愿为东南枝，低举拂罗衣。无由一攀折，引领望金扉。"

我喜欢李白，自然也对他的生活充满兴趣。这个天才，享受着生活给予的万千宠爱。美中不足的是，其间他多次求官，竟没人愿意理他。也许那些人看他才华干云，豪气冲天，不适合在官场的稀泥里混吧？也或者怕李白当了官后，超越自己，使自己无路可走。我更愿意相信是后者。

杜甫呢？依旧在那洛阳生活着。他从小由姑母抚养长大，姑母年老了，他便来给她尽孝。不得不说，杜甫是一位好侄子，将中国的孝义尽得十分完美。这种善行也得到了老天爷的褒奖，在洛阳，杜甫遇到了一生的好姻缘，娶了司农少卿的女儿杨氏。这位出身很不错的杨氏后来跟着杜甫一生颠沛流离：困守长安，战乱漂泊，蜀中穷困……但她从来没有抱怨过，可谓天下第一贤妻。

李白在山东过着潇洒自如的生活，天天诗酒风光，似乎忘记了自己宏大的志愿。"兰陵美酒郁金香，玉碗盛来琥珀光。但使主人能醉客，不知何处是他乡。"山东的酒真是好啊，让善于品酒的李白晕晕乎乎，如卧云中；山东的人也真不错啊，忠厚，实在。更重要的是，好山好水给他带来了意想不到的好运气。就在李白在酒乡醉得一塌糊涂时，唐玄宗的妹妹玉真公主和贺知章联袂向唐玄宗举荐他，一纸诏令，李白被召去长安。李白像被北风一浇，一下清醒过来，接着，陷入欣喜欲狂的心境。隐居徂徕山，不就是以退为进吗？苍天终于开眼了，他李白将要鲲鹏展翅，直上九霄。李白仰天大笑出门而去，把之前所有的不甘、委屈乃至怨愤统统甩到了身后。

如果没有山东，是否会有李白的长安之行？我表示怀疑。山东的山水滋养着李白，这片亘古如斯的土地给了他太多的灵感和情感。一山一水，一人一物，无形地进入了李白的血液，使他举手投足，都脱不开一丝豪情和壮气。这正是山东人的性情，而李白，也觉得自己是一个山东人。这似乎成为当时乃至后世很多人的共识。比如《旧唐书》中就记载："李白，字太白，山东人。"杜甫也有诗："近来海内为长句，汝与山东李白好。"元稹在《杜君墓志》的序中也说"山东人李白"。李白，是山东人的骄傲，为山东的文化史平添了一丝飘逸之仙气。

李白西去长安，做了"翰林待诏"。有吩咐的时候就写写诗，没吩咐的时候便醉眠酒家，酣歌长啸。整个长安城都知道他的大名，天子呼来不上船，让高力士脱靴，贵妃研墨。别人不敢做的事儿他全做了，别人没有享受的他也都享受了。长安三年，真可谓快意无限，风光无限。然而，他的理想毕竟是要"安社稷，济黎庶"，而不是只写写宫廷诗，陪皇帝娱乐娱乐，他的胸中，有太多的经纶没有使用，太多的思想未被实践。时间一久，李白对这种众人捧官宦嫉的生活产生了厌倦，不禁回想起从前无忧无虑的日子。他上了一道书，恳请皇帝让自己归去。而唐玄宗，在高力士等人的日夜鼓噪下，也对李白渐渐不满，于是，李白被顺理成章地"赐金放还"。

李白来到了洛阳。杜甫听说后，万分激动，也许还有几分紧张。李白的诗名早已遍天下，而杜甫自己，虽然下笔如有神，自觉比扬雄、曹植还牛，但李白可是被称为"谪仙人"啊，那些权贵显宦都被他视如粪土。杜甫忐忐忑忑地去赴约。见面后，他发现李白穿着一身道袍，朴实无华，却显得卓尔不凡。两人谈论起时事，又讨论起诗歌，很快，两人都觉得对方是自己前世的知己，他们只恨夜太短，话太长。

此后，两人便每天一起游山玩水，打马游猎，不亦快活。

我总认为，诗仙与诗圣的相逢，是命中注定的。唐朝一共两千多位诗人，流传下来的诗歌近五万首，可是，如果少了天上人间两位仙圣的相会，该是多么无聊、无趣啊！那么多诗人，生活在那个万邦来朝、八方来仪的时代，挨挨挤挤，你唱我和。闻一多形容李杜二人的相逢是青天里太阳与月亮走碰了头，一点儿不假。他俩一见，从此天地失了颜色，人间的诗歌都黯了下去，两人代表了中国浪漫主义和现实主义诗歌的顶峰。

　　李白与杜甫成了掏心掏肺的兄弟，两人在洛阳游玩还不尽兴，又携手来到梁宋一带，继续"方期拾瑶草"的美好时光。在这里，他们遇见了另一位诗人高适，高适的边塞诗很有名，剑法和武功也挺高。三个人意气相投，上演了一出诗人的盛宴。

　　然而，时光在前进，不知不觉，秋天到了，黄叶飘飞，万物开始萧条。几个人约定天气转寒之前，再到李白的"家乡"兖州相聚，李白会好好陪着大家逛逛齐鲁大地。

　　这个李白，真的把山东当成了家乡，从他736年来到山东，一直待了二十多年。人生中最壮美的阶段都被山东拥有了，儿子也在山东出生，李白对山东，自然而然有着家乡般的亲切感和依赖感。

　　杜甫和李白分开没多久，就深深地思念起他来。他一个人在寂寞的书斋里，独自想着李白。杨氏大概不知道，自己的丈夫心中住了另一个男子，这个男子，成了她之外杜甫最放在心上的人，他为他魂不守舍，日夜思念着他们在一起的生活。醉舞梁园夜，行歌泗水春。男人之间的这种情感妻子们也许很少会懂。只有在另一个理解自己、珍视自己的男人面前，这个男人才会真正打开自己，回归生命的本初。他不必再扮演妻子心中的大山，虽忧苦而独自撑着坚强的肩膀，也不必为了讨妻子的欢心而说出言不由衷的话语。诗歌就是李白与杜甫之间的媒介，何况，两人对社会和人生也有着相似的看法。人以群分，短短的时间里，两人亲同手足。这种情感，超越了时间和空间的限制，完全是两人气息相投所致。

　　杜甫就这样苦苦地思念着李白，一遍遍吟哦着李白的诗文。他越来越佩服李白了。在他心中，没有一个人能超越李白，李白真的就是太白金星下凡。杜甫甚至想跪倒在李白脚下。而李白呢，想起梁宋之游，想必也是心有不舍。他的生命里，虽说看似朋友遍天下，但像杜甫这样品质与才情顶流的人物，还真是不多。

两人被思念的线缠得越来越紧，期待着下一次的重逢。也许上苍看他们情比金坚，终于发了慈悲，第二年，两个人又在山东碰面了。这时，李白已经是正式的道教徒，更加出尘、洒脱，而杜甫，已为济南写下了那张千古流传的名片"海右此亭古，济南名士多"，诗名更噪。李白与杜甫见面之后，十分高兴，两人一起游玩了济南"华不注"、曲阜和邹县。之后，两人一起去一个异常偏僻的地方拜访范居士。走遍大江南北都不迷路的李白居然在此迷路了，衣裳都被荆棘挂破了，还沾了满满的苍耳——大概苍耳也想沾一沾他身上的仙气吧，平时他又不来——以至于范居士一看到李白，哈哈大笑，把着他的胳膊问："这是谁呀？"说罢，就摆出最时鲜的蔬菜和梨子，扫去他们旅途的狼狈与困顿。几个人谈笑风生，吟诗作赋，好不快活。写到此，不由羡慕起古人的雅致生活来——即使身处偏远，也有着赏花吟诗的志趣与素养，不像我等，虽也是游山玩水，却走马观花，作诗就不提了，心也够不上宁静。两人从范居士那里回来，又去齐州拜访了李邕。李邕曾经救过一个"勇妇"，这个妇女因为丈夫被杀，十分悲愤，竟然手刃仇敌，为夫报了仇。李邕被她的精神所感动，向朝廷求情，救下了她。李白是很崇尚这种任侠精神的，也十分佩服李邕，写了一首《东海有勇妇》，狠狠地夸赞了他，说他"舍罪警风俗，流芳播沧瀛"。可以想见，三个有才华的人相谈甚欢，必定又是一通豪饮，酩酊大醉。

李白与杜甫就这样整日黏在一起，每时每刻都不想分开。杜甫后来写了首诗，回忆当时的情景："余亦东蒙客，怜君如弟兄。醉眠秋共被，携手日同行。"两个大老爷们喝得一塌糊涂后，在一个被窝里躺下，你蹬着我的腿，我压着你的胳膊，喷出的气息吹到对方脸上。没醉的时候，两人就拉着手一起行走。此等情谊，真是让人羡慕、感动。都说文人相轻，中国古代伟大的诗仙和诗圣却好到不分彼此，确实值得后辈学习，也可以证明，相轻，其实是因为自卑。但凡高大如山的人，绝不会有心思去睥睨别人，因为只想着往高处攀登，求得更大的进步。杜甫和李白的相识、相知、相惜，成为文坛上的佳话，至今咏唱不断。

可是，再深的情意也挡不住离别，这年秋天，杜甫要西去长安，再求功名，李白在鲁郡东的石门为他饯行。石门敦厚，水波翻涌，诗人的心里也是一片难过、不舍。李白写了一首诗《鲁郡东石门送杜二甫》："醉别复几日，登临遍池台。何时石门路，重有金樽开？秋波落泗水，海色明徂徕。飞蓬各自远，且尽手中杯！"从此，两人将踏上各自的旅途，将像飘蓬那样，不知飘到何处，先把手中的这杯酒干了吧！在李白心里，两人必定还是会相逢的，因为那年他不过四十五岁，杜甫也仅仅三十四岁，未来还有大把大把的好时光等着他们。杜甫也是眼泪汪汪，忧伤在目。他对李白这个兄长，充满了仰慕和敬爱，他多么想永远在他身边啊！可是，还有前途等着他，还有妻小在眼巴巴地望着他。他也写了一首诗赠李白："秋来相顾尚飘蓬，未就丹砂愧葛洪。痛饮狂歌空度日，飞扬跋扈为谁雄。"在这首诗中，他透彻地理解着李白，知道他是赤子情怀，仙丹美酒就是他之所爱，他的性情，也是那么率真、洒脱。世间几人比得上呢？两人就在依依不舍中分别了，他们都以为，这不过是一次短暂的别离。然而，造化弄人，未来的多少年里，因为时局等各种原因，这两位相亲相爱的弟兄，竟再没有见过一次面。

杜甫去长安求取功名了，李白则继续留在鲁郡，与鲁某氏结婚生子，享受一番新家庭生活，顺便游逛游逛。在鲁郡，李白生了一场病。他卧在病榻，想起上次与杜甫相聚的光景，愈加觉得自己形单影只。他的心一下子空了，虽说鲁某氏知冷知热，但那个知音杜甫却如飞鸿，一下子飞远了。李白对杜甫充满了思念，提笔写下一首《沙丘城下寄杜甫》："我来竟何事？高卧沙丘城。城边有古树，日夕连秋声。鲁酒不可醉，齐歌空复情。思君若汶水，浩荡寄南征。"这就是在说，杜甫杜甫，我对你的思念，你听到了吗？我饮着鲁地的酒，你不在，酒也没那样的美味了；我听着齐地的歌，那么动听，可我只听出了深深的感伤。兄弟呀，你在哪里呢？我李白，可是万分地想念你啊！在李白的诗作中，像这样直白表达深切思念的，可不算多。杜甫呢，此时正在长安城里汲汲求取功名，试图通过应试改变命运，实现"致君尧舜上，再使风俗淳"的理想。然而，现实却给了他无情的一击，又一击。先是一贯支援他的父亲去世后，他没了经济来源。之前，杜甫一直靠父辈援助，过着壮游天下、衣食无忧的公子生活。这下，他只好靠父辈留下的几亩薄田吃老本过活了。在长安显宦圈中往来，是需要很大花销的，很快，杜甫就把老本耗光了，而他那年参加唐玄宗亲自发起的制举考试，也因宰相李林甫弄权落榜了，他一下子落魄下来，从此开始了山体滑坡似的贫瘠可怜生活。他写道："饥卧动即向一旬，敝衣何啻联百结。"自己经常一饿就是十几天，身上穿的短衣都是碎布缀成的。天宝十二年（753年），他又写了一首诗呼惨——"有儒愁饿死，早晚报平津"，意思是自己真的快要饿死了……

　　在这样困蹇的生活中，李白也占据着杜甫的心田。杜甫忘不了李白，忘不了和他同游的美好时光。他日夜想着李白的形象，想起他嗜酒如命，经常烂醉如泥，提笔写下《饮中八仙歌》："李白斗酒诗百篇，长安市上酒家眠。天子呼来不上船，自称臣是酒中仙。"将李白描绘得惟妙惟肖，呼之欲出。后来，李白隐居时的好友孔巢父离开长安，打算回山东，杜甫忙不迭地为他饯行，让他将情意传达给李白。《送孔巢父谢病归游江东兼呈李白》末二句写道："南寻禹穴见李白，道甫问讯今何如？"让孔巢父给李白带话，说自己想他想得快要疯了！

　　迟迟得不到李白的回信，杜甫的心里翻来覆去，总是放不下李白。杜甫一次次摩挲着李白的诗歌，一句一句地品咂着。见诗如面，他仿佛又见到了那个潇洒自若、纯真可爱的李白,提笔写道:"白也诗无敌,飘然思不群。清新庾开府,俊逸鲍参军。"李白是至高无上的,无人能及(包括自己),在李白面前,杜甫愿意低到尘埃里。李白就像一座南迦巴瓦峰,越在困顿之中,越成为杜甫久久的仰望。他们那段神仙日子,是他一生的慰藉。在寒冷的冬天,杜甫呵着手,写下《冬日有怀李白》:"寂寞书斋里,终朝独尔思。更寻嘉树传,不忘角弓诗。短褐风霜入,还丹日月迟。未因乘兴去,空有鹿门期。"算起来,他和李白有多久没有见面了?自己多希望和他一起隐居鹿门,从此逍遥于世间,优哉游哉。不过,这只是他的一个愿望罢了。李白十分喜欢仙丹,杜甫也跟着喜欢,并和他一起实验。不得不说,杜甫几乎要被李白同化了。杜甫就这样声声呼唤着李白,像长空中一只天鹅对另一只天鹅的切切之唤。

而李白,这时已离开山东的家,去往嵩山寻找元丹丘,两人一起修仙问道。仕途的不如意,让李白更加沉溺道教。然而仙丹并不能真正抚慰李白的心怀,喝得烂醉如泥的他有时还会想起长安得意的人上人生活,他再次端起酒杯。谁知,举杯消愁愁更愁,抽刀断水水更流。还有那个杜甫,这些年来,过得如何呢?好久没他的消息了。离开嵩山,李白又到了幽州、宣城、扬州、金陵等地,开始了他再一次的漫游。

齐鲁的家里安安稳稳的,李白怎么舍得离开呢?说到底,李白是浪子性格,又心怀远大,家庭的羁绊很少成为他的阻碍。并不是说他不爱家庭,不爱妻小,只是在他的思维观念里,好男儿志在四方,生就一双腿,手上一支笔,胸中万千经纶,总得有个用武之地。在漫游中,李白可以不断接触新的风景,新的人,也可以寻找更多的人生机会。这种观念就曾深深感染过梁宋同游的高适。那次分别后,高适就决心换一种活法,便到楚地去了。

杜甫的景况日下，不知不觉，已在长安待了十个年头。刚去长安的时候，他志在宰辅，但现实却十分残酷，第十年，他才得到了河西县尉的任命。那个地方远在云南，而且是个比芝麻还小的九品官。杜甫没有去赴任。他又被改任右卫率府兵曹参军，这是一个负责管理门禁锁钥和看守兵甲器仗的从八品小官。杜甫十分无奈。后来，他终于决定离开长安这个伤心之地。长安，居大不易哪！那时候，杜甫已经四十四岁了。十年人生最美好的年华已不再，他空无所有。

李白和杜甫二人也许不会想到，强大的唐王朝居然会发生安史之乱。都怪那个任用奸佞的皇帝李隆基，将大好江山打了个稀碎。安禄山口蜜腹剑，对皇帝一遍遍说着忠心无二的话，背后却藏了坏水，打算撼动国本。那时，李白正在当涂，杜甫正在去往奉先的路上。李白赶紧将子女接到当涂，又前往宋城接他最后一个也是最理解他的妻子宗氏。而杜甫，到了奉先，却经历了人生之大恸：小儿子被活活饿死了。我不知道四十四岁的杜甫，看到那一幕场景，该是多么痛心疾首。这不仅是他个人的悲剧，也是大唐的悲剧。盛世时代，是很少饿死人的，而自己的至亲骨肉，却生生因没有食物而死去，看来，唐朝也要彻底完蛋了。杜甫悲痛欲绝。之后，他不小心误入叛军，又想法逃了出来，投奔了唐肃宗。唐肃宗给了他一个左拾遗的位置，也是从八品。杜甫感激涕零。可以说，这是他这辈子当过的最大的官了。此后，杜甫一路滑坡，跑到成都，盖了茅屋，又到了岳阳、衡州。最后三年，他一直在船上生活，贫病交加。他五天没有吃饭，耒阳聂县令命人给他送来了酒和肉，杜甫美美地吃了一顿后，就去世了，结束了五十九年的生命。

最为多舛的时候，李白的友谊，也温暖着杜甫的心。与李白同游齐鲁的那段日子，是杜甫一生最难忘记的时光，杜甫毕生所求，也不过就是这样知己相交、不缺吃穿、不负时光的生活。离开齐鲁后，他的生命就一步步跌入低谷。李白呢，安史之乱爆发后，他加入了永王幕府，成了谋士。他一心以为自己的远大志向就要实现了，谁知道，永王是叛军，很快被打败，李白也被流放夜郎。不得不说，李白天生是一个诗人，而不是什么政治家。他天生没有这个头脑。与他们同游的高适，就一心在唐玄宗那边，位至刑部侍郎，追随者杜甫呢，投靠了唐肃宗，怎么说也是个左拾遗，而自己，却落得个流放千里的结局。

　　杜甫听说李白被流放，万分担心，写了一首诗《天末怀李白》："凉风起天末，君子意如何。鸿雁几时到，江湖秋水多。文章憎命达，魑魅喜人过。应共冤魂语，投诗赠汨罗。"他坚信李白是冤枉的，觉得别人就是嫉妒李白，嫉妒他的风采和文章。不得不说，杜甫真的是十分热爱李白，即使他有污点，自己也不相信。像李白这么率真的人，怎么可能是"叛贼"呢？他忘记了，李白也是一个男人，有着自己一贯的远大理想，像他一样。得不到李白的消息，杜甫日夜难安，李白时时出现在他的梦中，杜甫又写了一首情真意切的诗——《梦李白（其一）》："死别已吞声，生别常恻恻。江南瘴疠地，逐客无消息。故人入我梦，明我长相忆。恐非平生魂，路远不可测。魂来枫叶青，魂返关塞黑。君今在罗网，何以有羽翼。落月满屋梁，犹疑照颜色。水深波浪阔，无使蛟龙得。"句句透露着关心和惦念。李白在那孤寂的途中，要是读到他的挚友杜甫的这几首诗，该会多么欣慰啊！不久，杜甫又写了一首："浮云终日行，游子久不至。三夜频梦君，情亲见君意。告归常局促，苦道来不易。江湖多风波，舟楫恐失坠。出门搔白首，若负平生志。冠盖满京华，斯人独憔悴。孰云网恢恢，将老身反累。千秋万岁名，寂寞身后事。"情深意切，恨不得自己代李白受罪。这是多么伟大的情意啊！超越了世间常人的情意。在这首诗中，杜甫对李白做出了一个十分准确的评论："千秋万岁名，寂寞身后事。"他知道，李白的诗将流传千古。

也正因为此，他格外热爱他、崇敬他，他愿他的生活与诗名一样，高贵、风华，不受到世间的种种折磨与苦难。

这一对兄弟，就这样陷入了人生的绝境，又惺惺相惜。让人不由憎恨起人生的多舛。上苍为什么在赐予一个人才华的同时，却令他遭受那样的磨难呢？大概只能用孟子的话安慰自己：天将降大任于是人也，必先苦其心志，劳其筋骨……

李白遇赦之后，流落到江南的金陵一带，穷困潦倒，靠人赈济为生。那些散尽千金、仗剑行侠、诗酒谈笑的日子哪里去了呢？杜甫哪里去了呢？天高路远，鸿雁难传。后来，李白寄居于当涂，精神失常，病卧而死，享年六十二岁。

唐代最伟大的浪漫主义诗人和现实主义诗人，就这样陨落了。两个人短暂的相逢相携，就像彗星的碰撞一样，在星空绽放出无限的光华，而他们的相知相惜，却伴随了以后长久的岁月。

据不完全统计，李白留下的近千首诗文中，涉及齐鲁的接近一百八十首，占其诗文总数的百分之十八。736年，李白迁居山东，开始在山东定居。756年即安史之乱的第二年春天，李白为了避难，又迁居江南，托武谔到山东将子女接往南方，从而结束了在山东的寄居生活。算起来，李白在山东生活约二十年。在山东寓居期间，李白曾遍游名山大川，探访名胜古迹，到过今济南、德州、泰安、平原、博平、兖州、曲阜、邹城、济宁、金乡、汶上、单县、巨野、兰陵等十几个县市。杜甫呢，也为山东留下了八首诗，其中，"岱宗夫如何？齐鲁青未了……会当凌绝顶，一览众山小"（《望岳》）与"海右此亭古，济南名士多"（《陪李北海宴历下亭》），成为描写齐鲁胜地的千古名篇，为齐鲁的文化事业做出了极大贡献。而两人又都有亲戚在山东，可以说，他们都是与山东有缘之人，山东给予他们的，也是一生中最美好惬意的时光。

愿李杜二人灵魂有知,在天上仍是相亲相爱的好友,可以诗酒花月,毫无牵绊。没事的时候,两位仙圣可以常到齐鲁看一看他们为这片丰饶土地留下的雄伟遗迹,听人们倾诉一下对二人的怀念之情。

灵 山 岛

满目葱翠。我们成了绿意中的蚂蚁。

每呼吸一口,身心都似轻盈几分。慢慢地,我们好似生出来一对翅膀。也难怪,灵山岛可是全国第一座"负碳"海岛。

想来时,不知经了怎样的百转千回。船劈开一列列浪花,几只海鸥随着我们飞了一段,还是被远远地甩在身后。海面一会儿是幽深的蓝,一会儿是耀目的金。一个小岛,又一个小岛,却都不是灵山岛。《名胜志》云:灵山岛"先日而曙,未雨先云"。这样的地方,只可能是秦皇汉武寻找的仙岛。

秦皇汉武费尽毕生之力,也没找到那个福地。

我们却不甘心。我们继续劈波斩浪。海面无边无垠,灵山岛好似一个梦幻。

直到困意袭上来,梦神将我们慢慢地俘获。

等再睁开眼,已站在一大座葱郁面前。它好似凭空而来,卓然不群,遗世独立。

定睛细看,那绿也是有层次的。高远处蓊蓊郁郁,山腰油润碧绿,脚下的植被则如新出生的绿毛孩。层次间或弯曲、回旋。蓊郁的是黑松林,风风雨雨的环境,练就它沉实的好脾气,百年才长高一截。油绿的是藤蔓荆棘,可着劲儿朝着阳光。野花这里那里穿插,缤纷多彩。金鸡菊如微笑的小太阳，马兰花袅娜着身子跳舞，一大片深蓝的牵牛花攀到渔民种的玉米上，把它当成巨大的背景。野枸杞、野葡萄随处可见。不远的荆丛里躲着一棵石榴树，朋友小心靠过去，掰下一个，酸酸甜甜，将来时的风尘一扫而空。

岛并不太大，植物有心争夺着地盘。树伸着冠子，遮蔽方圆几米的区域。藤从树梢上钻出，仿佛要借树苗然的力量，飞到云上。荆棘踩着了草的脚，草歪着身子抱住大树做靠山。蘑菇、木耳偷偷地探出头来，脸面越来越大，树发现了一脸惊讶。

上古之时女娲用泥土造人，灵山岛的这位山神却别开心思，用石头捏大象，捏老虎，捏砍刀。捏出的事物冷冷的，不发一言，却吐洁白的云，吞迷蒙的雾，纳飘摇的闪电，迎轻舞的霜雪。

沿着石径走，草不时拂上鞋面，花香钻入鼻孔，海浪声拍打着耳朵。冷不防被一根线杆拦住。抬头望，它漂亮的灯头戴着一顶银灰的帽子。那是太阳能板。朋友说，灵山岛所有路灯都由太阳能供电，居民用的电要么是光伏发电，要么是海底电缆供给。岛上没有一辆燃油车，家里炒菜做饭也全用电器。几年前，不少羊在山上跑来跑去，后来轮船将它们运离。从羊嘴生还的那些草越长越旺，渐渐成了精。

太阳不知何时钻了出来，雾气淡了一些，飘飘渺渺。

不觉走到东北端，沿着石阶一级一级下去，到最底部，赫然发现一块"背来石"。原来龙王的女儿水灵喜爱这里，偷偷从龙宫运来。水灵后来又被遣回水下，那块雪白的石头还在痴痴等着它的主人，一等万年。背来石对面是一部巨大的千岩书。海水亿万年执着的冲刷，将坚硬的石头蚀成了一页又一页书页。不知石书上的具体内容。也许记载着地火豁然喷出，也许记载着太平洋板块山崩般裂开，也许记载着地壳被麻花般地扭转、挤压……

南面不远，可以看到高高的烽火台。秀美的风光、丰饶的资源一次次被海盗惦记，频生滋扰。渔民只得自筑了一座烽火台，烽烟一起，海盗溃逃。烽火台好似吉顺的象征，还见证了1161年宋金那场著名的海战。向来羸弱的宋军一举歼灭猛虎般的金朝水师，扭转了不利战局，从此，南宋偏安江南，又维持了近120年。

岛上错落着不少石头房子，黄瓦白墙，绿荫掩映，形成天然的写意画。有的渔民将房子改成了民宿，赋予它们美丽的名字：一米阳光、初心、梧桐花开、杏花春雨……听说旺季时，一晚2000元的价格仍供不应求。

一位老太太在门口给海鲜换水。鱼虾不时跃上来，又跌回水中。我们的脚步惊着了老太太，她抬起头，笑着招呼："喏，新逮的，要不？"手里多了一条黑头。那黑头一个打挺，又缩回桶中。我们笑起来。老太太说，她在这岛上住了40多年，以前少有人过来，这岛太远了，又偏。现在好了，越来越多的外地人喜欢来这岛上，看日出日落，捉螃蟹贝壳，恣意得很。她孙子在北京读的大学，现在也回这岛上发展海水养殖。要在以前，可一百头牛也拽不回来！老太太笑得皱纹如花丝。朋友指着水桶说，这些鱼虾都是底栖养殖，不像从前那样拉网，破坏环境。灵山岛属青岛西海岸新区，一向生态优先，不会有损环境的一分一毫。

隔壁走出一个瘦高个女子，牵着一个蹦蹦跳跳的男孩。女子说自己大前天从广东飞来。她迷上了这里的太阳和月亮，每年都要抽空住上一阵。"这里的月亮是真正的月'亮'，不像大城市里，月亮灰扑扑的，如褪色的相片。这里的月亮好像刚刚打出的银子，即便有些暗影，也像吴刚旁的那棵桂花树，一到晚上，花香就飘下来……"

"妈妈，我想要几颗桂花种子！"小男孩向妈妈伸开手。女子笑着拍他一下："过会儿带你去山上找！"

"日出雾露馀，青松如膏沐。""海上生明月，天涯共此时。"海上的日月，或与平原、山地不同。它纯粹，无遮无拦。我曾看过一次海上日出。羲和驾着太阳从天的另一边赶来，所过之处，万千红绸挥舞，海面又似燃起了大火。天地尽情地相亲相爱。赤红无休止地蔓延，占领天空。忽地，一轮硕大的朝阳在红浪中滚到天上，天地变成一片金黄，好似被施了魔法。那么，这岛的夜呢，也许嫦娥把轻纱般的月光洒向每一个角落，洒进每个人心田。

在宏大的自然面前，在无涯的海水面前，俗世的喧嚣被一洗而空，浮躁的心灵也会慢慢安宁、澄澈下来。

笑闹声不时传入耳畔。小男孩挣脱妈妈的手，跑到沙滩上。已有一些孩子在捡贝壳、挖海螺。捡得多了，也许会盖座贝壳楼。岛上就有一座"世界最美贝壳楼"，听说由100万枚贝壳建成。

不停地走，不停地望，似忘了身在何处，如今几时。也许一局棋罢，世上已过千年。也就格外理解了水灵，为何舍弃水晶宫，甘愿对着岛上的日月星辰修炼。

灵山岛恰似一块璞玉，横卧于黄海之间。青岛也尤其重视这块璞玉，采取了碳减排、碳积分兑换、微公交、海水淡化等多种措施，让这岛越来越灵动、秀美。如今，这"北方第一高岛"已成为全国生态保护的一个样板，成为人们心中真正的桃花源。

我走下沙滩，打算也捡一枚贝壳，带回去给儿子。我会告诉他，贝壳从一个神奇的海岛生出来，携着风，带着雨，藏着日光和星光，拥有它，他便是幸运的宠儿。

九仙今已压京东

　　苏东坡没有来过泰山，而多次游历九仙山，并写下"九仙今已压京东"的诗句，着实令人吃惊；作为一个常年居住在泰山脚下并引以为豪的人，得知九仙山素以"奇如黄山，秀如泰山，险如华山"而著称，想起来，也颇感有点郁闷。而今，我就要去九仙山了，去看看它的"仙"容。

　　我们从莒县出发。没错，这里是以前的莒国。九仙山也属莒国。莒国曾经是东夷之强，先后消灭了向国和郯国，在中国历史上叱咤风云，连齐鲁两个大国都得看它的脸色。不远的定林寺里有棵老银杏，一千岁的时候曾亲眼见过莒子与鲁隐公在树下会盟。那时，莒鲁两国经常征战，纪国国君尽力撮合两个国家（纪国国母是鲁隐公女儿，不希望见到鲁国与莒国针尖对麦芒）之后，两国保持了相当长久的和平关系。现在，莒州博物馆里陈列着不少出土文物，依稀可以联想到莒国当时的强盛。

　　天阴着，云一朵接一朵，蓄满了水汽。深吸一口，五脏六腑似都被淘洗了一遍。这里靠海，也可以说，天生受海的庇佑。我所居住的泰山，离海很远，而九仙山离海不过五十里路。海风徐徐吹来，带着腥润的气息。从这一点上说，九仙山的风貌也该与泰山不同吧。

　　车子不知蜿蜒了多久，终于停下来。一抬步，似乎闯进了一个绿色的屏障。满目的绿啊,绿得张扬,绿得糅杂。草绿、嫩绿、翠绿、碧绿、墨绿……绿密密占领了九仙山。而一些奇峰怪石,就从那绿中钻出来。有的像一只鳖,驮着一只乌龟;有的像一只犬,凝望着天空;有的如一只灵猴,蠢蠢欲动;有的似骆驼,朝天而鸣……这些奇峰怪石,一定受过火山、地震等多种力的淬炼,方涅槃成如此美景。眼睛从一座峰,望向另一座峰,迟迟挪不开。忽地,就听到了一阵哗哗的水声。声音越来越响,似乎在你的脚底。心下好奇,低头去寻,沿着一丛丛绿,却寻了许久,方看到绿豁开一个口子,一汪水活泼泼地跃出来,唱着歌,奔向前方。水激起无数浪花,两岸像琉璃宫了。继续前行,蓦地又听到一股水,比刚才的沉稳、浓郁。忍不住又去寻。它却离得近些。这是条大水,宽宽地、气定神闲地奔着。我们忍不住发出一声惊叹,它全然不理会我们的步伐,继续着自己的脚步,哗哗的水声里,身下的石块,不见了面目。在山间行走,总能时不时听到水的喧鸣。朋友笑着说:"这是九仙山么,'地中潭、水中瀑',那绿崖间的瀑布,你还没见识过呢!"心下便有些欢喜,又有点惊讶,九仙山,果真是藏着不少"宝贝"。

这山看着不高,爬起来却挺吃力,不一会儿,走出一身的汗。只好歇住脚,稍作喘息。一仰头,见一只靴子挂在头顶,摇摇欲坠。这是谁的靴子呀?如此巨大,沉实!有人说,这是铁拐李的靴子,当年八仙路过此地,见这山荒芜,便和山神一起,栽花种草。铁拐李用靴子到东海取水浇花。短短几天,九仙山便变得绿意葱茏,百花炽盛。而铁拐李,却不小心遗落了那只靴子。铁拐李丢掉了靴子,九仙山却得了不少好处,此地成了一个著名景点,不时有人过来瞻望。

我很想爬上去,摇摇那靴子,看它会不会动。朋友说,当然会了,几个人扳住它,它颤巍巍的,看着就要跌下来。奇怪的是,多少年里,却总是不坠不落,保持着那么一种姿势。也许铁拐李一个筋斗云,路过此地时，腿一伸，靴子又会重回他的脚上，到时，这块巨石才会被连根拔起吧。

继续前行，回眸，还在想着靴石。苏轼一定也是见过这块石头的。他弟弟苏辙在齐州任上，写信向他夸赞山东的好处，远在杭州的苏轼便动了心思，上书请求皇帝，把自己也调到山东，最好离弟弟近一些。就这样，他被调到了密州。苏轼一来，便被山东的山水迷住了，尤其是九仙山。他打马山间，左牵黄，右擎苍，写下《江城子·密州出猎》；他登上亭台，看着鸥鹭翩翩，青烟袅袅，写下《江城子·前瞻马耳九仙山》；中秋的深夜，他望着一盘明月，无比思念弟弟，写下《水调歌头·明月几时有》；山下卧榻，他做了一个梦，亡妻王弗又来到他的跟前，对镜梳妆，他写下《江城子·记梦》；他宿在九仙山，感觉像在桃花源里，梦醒看到一钩新月如雪，旁边伴着几颗疏星，他写下《宿九仙山》……苏轼一定是把九仙山的山山水水踏了个遍，爱极了它，才写下如此多的篇章。其实，来这之前，他早已游遍四川、陕西、杭州等地，那里的山水都不赖，甚至可以说是中国绝妙，可一见到九仙山，苏轼的心还是不由自主地沦陷了。

越往里走，越觉到九仙山的好处。凡以"仙"为名的山，大抵上不会让人失望。空气愈加潮润，鸟鸣也愈加蓬沛起来。喜鹊、斑鸠、蓝翡翠、黄莺、金腰燕、伯劳……叽叽啁啁的，混杂在一起，难分彼此。也许只有鸟儿，才能听得懂同伴的呼唤。人类在它们面前，何其口拙，只得用一个"叫"或"唱"或"鸣"形容它们的一咏三叹。在一锅叫的鸟鸣里，还夹杂着蝉声。蝉趴在枝上，声嘶力竭地，"知了、知了"，不厌其烦述说着对这个世界的认知。的确，它们在地下蛰伏了十来年，方展翅飞翔，对生活，应是充满了感悟。我们一行人，就这样，冒冒失失地闯进动物们的领地。而有些藤蔓，也缠住了我们。久居深山，它们成了精，成了灵，一不留神，就会扯我们几下。其中不少杜鹃花。石壁上，杜鹃花更多。杜鹃的瀑布一挂挂流淌，无止无尽。春天，它们怒放万朵焰红，铺铺张张，该是多么的耀眼、浓烈呀。整座山，都为它们屏息。现在，它们沉静下来，安心地膨大着果实，以期来年，点一场更大的焰火。杜鹃花歇了，玉簪花却开着，粉粉紫紫的，吸人的眼球。还有牵牛花，扭到树上，爬到藤间，热烈地吹着夏的喇叭。金鸡菊、紫薇花、茉莉……各色花儿摇荡在山间，使得山间的夏清丽、迷人。在九仙山居住，真个是有福气的，看山花，饮山泉，食山果，病了，还可以采山药。可惜苏轼在此只待了两年，就被一纸诏令，调到了徐州。有此等福气的人，恐怕只有那位"围魏救赵"的兵神孙膑了。

往前见到一个清潭。一些荷花粉腮绿鬓，亭亭立着，衬托着身后的山林。蜻蜓如小直升机，巡视着这片领地。偶有小鸟划过，藏到叶间。不少画家，支着画板，正在沉浸地写生，我们经过，他们浑然不觉，似乎已在优美的景色里入定。

听说到了冬天，还有一些人不畏严寒，来此写生。大约此处的景致，别处很少见到，此处的氛围，也与他处不同。

继续前行，我们要去拜望孙膑。孙膑在此隐居著述，设馆收徒。他与苏东坡，一个兵祖，一个文杰，两相在此交会，使九仙山有了文韬武略的厚重。

经过一棵树时，忽地窜下来一只灵猴，使劲掰我们的手，抢我们的桃子。它得逞了，龇牙咧嘴，跳到一旁的树上，边眯着我们，边大口咀嚼。孙膑仙逝了，苏东坡走远了，猎人和樵夫也不见了身影，淘气的猴子，成了山大王。

抱犊峰前，就是孙膑书屋了，这是孙膑亲自选择的隐居之地。经历桂陵之战、马陵之战后，孙膑急流勇退，到此隐居。虽说那个同窗庞涓百般嫉恨他，设计挖走了他的膝盖骨，却一点儿也没能阻止孙膑在军事上的鲲鹏展翅。相反，庞涓自己却在马陵殒命，留下了心胸窄仄的坏名声。孙膑为什么选择在九仙山隐居呢？仔细想来，此山位于齐长城五莲段之阳，便于防御，环境优美，人迹也少，最符合他的心愿吧。孙膑在此盖了三间石屋，专心读书、著述。不过，山上的荆棘可真不少，每每挂住他的衣裳；那些青蛙也"呱呱呱"的，似乎要和他讨论兵法。孙膑长叹一声。那些棘子和青蛙，居然似读懂了他的叹息，从此齐齐闭了口舌，九仙山一片安谧。孙膑写就《孙膑兵法》，永传后世。

三间石屋敦敦实实的，依然矗立在那里，见证着世间风云。石阶很高，长满苔藓，光滑，厚腻。孙膑在此遥望九仙山，尽揽天下局势。虽说隐居了，还是有不少慕名拜访的人，齐王也不顾坎坷，多次跑到石屋求教。一定程度上，九仙山成了齐王的书桌。

攀上长长的石阶，进到书屋，只见孙膑凝眉肃目，嘴角微扬，一副成竹在胸的样子，感觉他的心里，又有一个妙计产生。

遂想起孙膑一生。这位卫武公的后代，与庞涓同向鬼谷子学习兵法，鬼谷子十分喜爱他，庞涓也自认逊于孙膑，便将他骗到魏国，处以膑刑，妄图使他埋没人间。然而，孙膑的才华即使深埋千米的地下也会熠熠闪光。他设计回到齐国，成了军师，将庞涓打得落花流水、愤愧自杀。历史老人就是这么公正，也最让人信服。

抱犊峰旁，有一处泉，汨汨淌着，十分奇妙。掬一捧，清冽，甘甜。多少年来，它就这样不疾不徐地流着，干旱水涝，从没有停止过。不少人上上下下，左左右右，找它的源头，却以失败告终。于是，人们称这泉为"天泉"。大约上苍见孙膑隐居在此，惜他是经世良才，故而降下甘露，供其取用。

下山时，云重了起来，雨点淅淅沥沥洒到脸上，一片畅然。雨中的九仙山，葱葱莽莽，温温润润的，似又多了几分仙气。

名山之中，像九仙山这样毗邻大海、耸入九霄的，可真不是很多。海风远远吹来，一日一日，沁染着它。海的胸怀是宽广的，山的襟抱是厚重的。山中夹杂着海的气息，而海面也时时倒映出山的影子。山海便这样相依，亘古如斯。这种气魄和襟怀滋养着这里的每一个人。或许正因为此，苏轼才一改词坛靡靡之风，以长风皓月入文，启豪放派的先河。而孙膑，也洋洋洒洒，一气呵成兵法八十九卷、图四卷。不由想起了另一个人，为他感到有点可惜。他是刘勰。这位原籍莒州的文学评论家，本是极其喜爱九仙山的，可惜建武帝一纸诏令，让他去定林寺校理佛经了。否则，刘勰也许会将后半生寄托于九仙山。

山与水，在时光中永恒；人与文，在史址上独树一帜。

远远望去，那些各具特色的山峰，在雨雾里隐隐约约，不言不语。它们身上，长花，长草，长日月，长海洋，还长数不清的年年岁岁。

遂产生永留此地的想法。想起来时的初衷，我承认，我是"一叶障目，不见九仙山"了。

相册里的娘

我娘变成了薄薄的相片。娘变成相片已经四年多了。在这四年里，我一直不敢相信她成为相片这一事实。我常常半夜里醒来，去看看娘睡过的床。有时我会不由得按出那个熟悉的号码，想叫一声娘。有时又要立即买票回家，想娘在家等我。我走在路上，盯着那些行走的、坐在凳子上或站着聊天的老太太。一次，前面有个老太太，短头发、弓背，走起路来胳膊一甩一甩的。我便飞快地赶上前，超过她，才发现虽然身材姿势相仿，脸面却是不同。我涌上深深的失落。一个人的时候，我会狠狠喊叫一声：娘！娘——

娘再不会出现在这个世界上了。她再也听不到我的呼唤，看不到我被岁月一日日蚀涸的容颜。她将只成为我的回忆。而那曾无比熟悉的躯体，轻烟一般，永远地消逝了。

我现在只有这些相片了，我不断地抚摩着。记忆里的娘，随着时间的潮水，一点点从相片中走出来。

一

这是一张黑白二寸相片。上面的娘椭圆脸，鼻子微翘，唇如花瓣。辫子对绾，别在脑后。色调虽是黑白，却透出一股逼人的青春气息。也许是她十六七岁时拍的。照片中的娘挺好看，不像平日予我的印象。在我记忆里，她总是短头发，双颊微陷，眉目有点下耷。

娘静静地望着前方。也许在憧憬未来的生活，也许在思量未来的夫婿。花季时期的娘，有着所有女孩子的幻想和向往。只是她不知，一旦迈入婚姻的围城，等待她的，将是无休无止的家务和琐细，而岁月也会一点点风蚀那张面庞，使其失去原先的水润。

外祖母在生下一个又一个儿子后，终于生下了娘。她像野地里被凭空捡到的一颗珍珠。三个哥哥带着她玩，拽着她野。娘的衣裳一块接着一块，但是干净、爽洁。那些补丁缀成太阳或花朵的图案，让哥哥们艳羡不已。娘也不用干家务。最长的哥哥长她九岁，娘三岁时，他已会从邻居家借火煮炊。也许只有结巴的二哥才会嫉妒小妹。一次娘端起那只豁口大碗喝粥，竟喝出几粒粗粝的沙子。娘大哭着找她的娘，外祖母紧着小脚抽出柴火棍趋向二哥，二哥撒丫子便跑。三哥呢，像个文弱书生，对娘得到的宠爱既不点头，也不摇头。他会把自己找来的书借给娘看。也许娘一生喜爱书本，是受了三哥的熏陶。

娘上学后，二哥不再往碗里掺沙子了。这个小妹一天到晚抱着书，或嘻哈不已，或泪流满面。喊她吃饭也不怎么理会，有时还会吃到鼻子里。二哥生性愚钝，以为小妹被书弄成了痴人。娘不仅问大哥三哥要书读，还斗胆问老师借。娘后来告诉我，有个留着大背头的老师特别喜欢她，娘每看完一本书，就往窗台一放，大背头老师就换上另一本。大背头老师说，这么喜爱读书的女孩子，将来要做女才子哩！他甚至想保送娘去读高中、读大学。

不过，这只是美好的期望罢了。那个特殊的年代，很多有理想有志气的青年都被耽搁了。大哥三哥被迫下学帮衬家里，二哥早早地就与土地打了交道。娘尽管一百个不情愿，也不得不跟众多的女孩子一样，去了缝纫组。

"缝纫组"我不知道具体是什么，顾名思义应是女人们缝制衣服的场所。娘一早去那里，下午回来。裁、剪、缝、纫……直到一件衣裳完美地完工。娘或许天生与布料有缘，那些布料如面团，被她自如地揉来捏去。娘成家后当了一名裁缝，不得不说与这时的经历有关。

　　娘穿着缠枝碎花褂子，盘扣。显得典雅而恬静。可以看出，娘对衣裳有着极高的鉴赏力，一点显不出她微微的驼背。这时的娘好似一朵鲜花。听娘说她相过几回亲，对方有教师，有工人，还有一个在机关做文书。但谁能想到呢，会是我爹这粗人摘得了这朵花。那时我爹刚从部队回来，虽然身姿挺拔，相貌英俊，但有一副天生的坏脾气。

　　一个春节，舅舅们在我家围炉而坐。他们一边喝茶，一边聊着小时候的事。娘手一指，说二哥没少欺负她，不仅将她的藏书弄丢了，还偷吃她放在瓮底的点心……二舅喝过一点小酒，脸色绯红。他越兴奋，越是结结巴巴，到最后，只得手舞足蹈。大家的笑闹响成一片，震得树上的麻雀都飞了。我娘的声音夹在其中，好似和弦曲里的唢呐。炉火明黄，顶得壶盖噗噗作响。挂千在屋檐下晃来晃去，偶尔传来孩子们甩鞭的声音。我跟伙伴们玩累了，回家喝水，看到几个人面红耳赤，气氛蒸腾。不由想：他们，这几个年过半百的人有过真正的青春么？青春属于我们，未来属于我们，还有大把大把的时光等着我们挥霍，等着我们消磨。

　　而今，我的大舅已经去世了，二舅的腿脚让他成天困守在那座小屋里。三舅得过一次脑血栓，现在走起路来还一瘸一拐的。四年前的那个春天，我娘也走了。几个人就是想聚，也凑不够人数了。

　　"而今听雨僧庐下，鬓也星星也。悲欢离合总无情，一任阶前、点滴到天明。"时光无情地将我推向不惑。如果我想找人说说心里话，该去找谁呢？

二

我坐在娘的膝上,她紧紧揽着我。我戴着虎头帽,胸前挂着花兜兜,脚上是双虎头鞋。照片背景是一张公园幕布。这是我一岁那年拍的。

娘很爱我,我知道。我是她的第一个孩子。我出生时,娘已二十八岁,在乡下,这年龄已不算小。我让她感受到了初为人母的喜悦,还有繁忙。她奶我,把我尿,给我洗尿布。我不怎么会动。白天,她将我关在屋子里去做缝纫。我瞪着天花板,吮手指,无聊了不住嘴地哼哼。娘回来,我已尿了床。娘指望不上奶奶照看我。奶奶懒,再说,有几个小孩子等着她照看。娘一把把我抱起,亲几口,之后,给我换尿布,喂奶。

三岁那年,爹娘带我去了陕西。有个远亲给爹娘来信,夸耀那里有多好。爹娘便去投奔了他们。这一段记忆我有点朦胧。只记得我们住窑洞,窑洞是以前人家掏的,前家一走,我们便搬了进来。我们睡大炕,炕头贴着娃娃抱鲤鱼的年画,已被烟熏得黧黑。爹娘跟村里的人上山砍荆条,编筐编篮子来卖。他们的双手鸟翅一般不停地抖动。我央求娘跟我玩,娘笑笑。我央求爹跟我玩,爹说:"红红,等会儿!"我生气了,跑到远处,看到一个蓝色的瓶子。它天一般的颜色吸引了我,我捡起来,来回摆弄,忘记了发生的不快。我蹒跚着跑回爹娘身边,"捡了个瓶瓶!"——多年以后,娘还学我奶声奶气地说话,说我从小气性大,自己又会玩。

来陕西后的第二年,弟弟出生了。弟弟小老头似的脸出现在大伙儿面前。爹捧着"小老头",嘴巴不住地落在他皱巴巴的皮肤上。"小老头"在响亮地哭,哭声响彻窑洞,飞到户外。人们都咧着嘴笑。我爹的泪水突然溢出来,"嘿,我有儿子啦,我有儿子啦!"

娘一心扑在弟弟身上,做家务,哄弟弟玩耍。她不再上山砍荆条,编筐篮了。爹比平时更加勤勉。我们不仅编筐编篮,还种向日葵,种玉米。这天,日头到了天中,娘一边洗尿布,一边让我喊爹回来吃饭。

我走向田地。影子不住地兜着我,我走一步,它也进一步。我逃开,它也跳开。它真是个奇怪的东西。玉米密密麻麻,比小朋友拉圈的手还挤巴。"爹呀?爹!"我扯开嗓子喊。声音在玉米秆子上弹来弹去,爹却没有回应。爹在哪儿?"爹呀?回来吃饭!"我又喊。这次,风听到了,它呼呼地跑过来,用它的小巴掌不停掴我,我的脸火辣辣的。我终于泄了气,慢慢走回家。娘正在逗弟弟玩,不停地揉他的小屁股。她没问我找到爹没有。没一会儿,爹就自己回来了。

我们所在的寨子叫李家寨,属于延安黄龙县。山岭众多,岭上多野物。爹打过山鸡,捉过野兔,有时,还会碰上野猪。野猪很蛮暴,人见了最好躲着。我们窑顶多了个奇怪的东西,我让爹给我掏小鸟。爹答应着,手伸过去,"啊呀",掉下来一条蛇。蛇闪电般溜过炕头,钻进衣物。爹逮着了它。他用扁担挑着它,去了门外。

我爬高上低,总不安分。我有几个伙伴。一次在山上,有个叫红丽的玩伴骨碌碌地滚下山去。我们紧张地跺脚,张嘴,却喊不出声。她皮球一般不住滚着,滚着,忽地,被一根斜出的树枝截住了。红丽的娘嚎着跑过来,她的一条腿瘸着,跑起来像被射中的鹅。我一转头,看到娘抱着弟弟也在人堆里。

这些事这么玄乎,有时我怀疑记忆的不可靠。可是娘说,那个叫红丽的女孩后来嫁到了黄龙县,算是走出了小山村。

陕西的时光,是娘尽情享受天伦的时光。虽然清苦,日子却充实而美好。弟弟在娘的呵护下,像个棉花球,越来越白,越来越胖。

三年后,爹娘决定离开陕西。此处虽然安谧,但是比起山东来,经济和教育水平却差了不少。爹先行回家，带着所有带得动的物品。一个月后，娘抱着弟弟拉着我的手走上火车。火车像个怪物，比我见到的最大的蛇还长百倍，大百倍。它还会呜呜地吼叫。车厢里人很多。人腿如根根棍子，在我眼前戳过来戳过去。娘抱着弟弟坐在窗口，桌上放着一本书，是她向前排乘客借的。她盯着书，眼一眨也不眨。弟弟有些不耐烦，不停扭着身子。娘便不住地拍他。弟弟安静下来。

三

娘左手牵着我，右手牵着弟弟。一个小时前，我们新洗了澡，洗了头。在广袤的农村，我们喜欢在地上滚来滚去，捉迷藏，玩老鹰抓小鸡。有个照相的人东转西转，来到村里。娘赶紧喊我们回家，让我们的老灰簌簌落下，又给我换上一身的确良花衫裤，给弟弟穿上新做的背带裤。

开始，我们住小烟屋里。娘将烟叶清理出来，放上简陋的桌子和床，我们有了简陋的家。

爹出去换油。他骑着自行车，带着大油桶，在外面跑来跑去。别人挂一个油桶，他挂两个。别人六点回来，他回来时八点。娘的空间施展不开。屋子太小，没法放缝纫机。

两年后，村里给划了一块地，爹娘终于盖了一座属于自己的房。三间屋子，一个厨屋，一个栏屋。爹兴冲冲地请村里的刘木匠打了家具。娘在所有橱窗贴了时兴的挂历纸，将家具擦得纤尘不染。院子里种了不少花，墙角栽了几棵梧桐，月台旁边有一棵扭扭歪歪的石榴树。

娘是一个好裁缝，这从我们家络绎不绝的来人中即可看出。人人都喜欢找杨志云做衣裳，夸她是"杨巧手"。他们想要什么式样，娘就会做出什么式样。有时，他们在别处看到了新鲜款式，回来一说，娘做出的衣服也八九不离十。那些男人、女人、老人、孩子，伸着胳膊转着圈，乖巧地让我娘量他们的尺寸。"过几天来取呀！"娘说。几天后，他们都喜滋滋地离开了。

娘给我做过一件月牙底粉红花的斜襟褂子，被同学借去参加歌咏比赛。有年冬天，娘给我做了一件焦糖色过膝棉大衣，年轻的班主任问我从哪儿买的。没过多久，我发现班主任也穿了一件同样款式的衣服。

布料像小山，一点点小下去，又像造山运动，陡然升起来。娘弓着腰，抻着布料，一脚一脚踩着机踏，"哒哒哒"的声音从早响到晚。娘顾不上吃饭，顾不上休息。娘似乎和缝纫机长在了一起。

爹说："你呀，这么辛苦，一天到晚赚几个钱？别老给那些人让利！"

一些老婆子来做衣裳，娘往往只收一半的钱。有次，村头的王大娘来做褂子，娘干脆免了她的一切费用。"他们不容易，一件衣裳得穿好几年……"娘说。

在爹眼里，娘是个傻气的人。这种傻气在以后的日子里表现得越来越明显，有时成为爹娘争端的起因。

这天放了学，我刚进院子，就瞥见一个尖脸细眼睛的女人靠在门框上。"哎呀红红，放学啦?!"她冲我招呼。我左瞅瞅，右看看，发觉不认识这女人。"红红，快叫姐呀！"娘听到声音，出来笑着说。原来这女人是三妗子同村八竿子的一个外甥女兰子，来"拜师学艺"。我娘委婉推辞，可三妗子说，兰子那瘫痪的娘求她好几回了，一定要兰子学门手艺，让娘得空就教教兰子。娘和三妗子要好，只好答应了。兰子带来了些布料，跟娘学缝纫。娘一边裁剪，一边细致讲解。那兰子倒挺灵透，很快上了手。后来，娘便指点着她自己缝纫衣服。兰子早上来，下午回。有时，她也会帮着扫扫地、刷刷碗。

我不太喜欢兰子，说不上为啥。她的下巴颏那么尖，像把刀子要戳人。黄脸面上散落着几粒雀斑，像麻雀屎。她问我学到哪一课了，成绩怎样。我把书本摆到桌上，做作业。她笑嘻嘻地瞅着我，瞅着作业。

娘每天六点多就起床了，为我和弟弟做早饭。我们每天可以吃到一个鸡蛋。爹娘不舍得吃鸡蛋，尽管他们下大力气。我们的菜多是萝卜、白菜、西葫芦，很少有肉吃。娘有时也会把黄瓜把儿和白菜帮扔进缸里，倒上酱油和醋腌咸菜。苍蝇也爱咸菜，它们嗡嗡地飞舞，产卵。咸菜捞出时，往往覆着一层白沫，爹娘只好洗了又洗，再放进嘴里。家里也很少见到水果。那芬芳的气味对我们来说好似天外之物。一次，我捡到了一个桃核，埋进地里。每天，我都勤快地为它浇水，数它一片片新生的叶子。我幻想着七八月时，它的枝头挂满累累的桃子。然而没过多久，它便死了，我伤心了好一场。兰子来后，爹娘为了款待她，买过几回肉。从这一点上，我倒应该感谢她。

晚上，娘一边踩着缝纫机一边等爹。爹换油八点左右就回来。娘在锅里留了饭，爹回来热一热，便狼吞虎咽地吃掉。可这天晚上，快十点了，还不见爹的影子。娘不时瞅一眼墙上的挂钟，又望一眼夜空。夜幕深沉，像蓝墨水在无边地洇着，洇着，越来越浓，越来越重。也许娘的心也像那蓝墨水。"哒，哒哒哒，哒……"缝纫机不似往常那样利落、清脆。我唤了一声娘。娘说："红，你先睡吧，我再去村口等等你爹。"

我钻进被窝。腊月的天真冷，仿佛全世界的冰水都泼在了这里。我往弟弟那头蹭了蹭。他已经睡熟，发出轻轻的鼾声。月亮弯弯地挂在梧桐上，树条子一抖一抖。爹呢，爹他怎么还没回来？我在心里嘀咕。没有一只鸟叫，鸡鸭都上宿了，连最爱哼唧的猪也没了动静。一切陷入沉寂。夜在无声地扩张，占领整个世界。我迷迷糊糊刚要睡去，突然，"咕咕喵，哈——咕咕喵，哈哈……"尖厉的笑声穿透窗棂，逼近我的全身。我的汗毛立时竖起。我坐起来，抱住胳膊。笑声还在持续，那只夜猫子仿佛就在我的头顶。它笑得那么张狂、肆意。我们这里有句俗语：夜猫子在哪儿叫，哪儿就要死人了。我想起爹，眼泪不争气地涌出来。现在都快十一点了，爹还没有回来，娘也没有回来……娘站在村口，一定也听到了夜猫子的笑声。那笑声穿透衣服，钻入骨髓，让人更冷、更心焦。

终于，困神将我慢慢俘获了。我不知道娘什么时候回来的，抑或一直待在村口。等我早上起来，看到娘的眼睛像桃子，依然不见爹的影子。

娘默默地为我们做好早饭，看着我们上学去。

我偶尔想起爹来。我从那英文字母、方程式里不时地走神，想起万一我没了爹……

下午下了学，我迫不及待地跑回家，看到爹坐在桌旁，正端着一碗豆浆就着煎饼狼吞虎咽。娘在一旁笑呵呵的，等着爹吃完再盛一碗。我喊了一声爹。爹冲我笑笑，说昨晚碰到几个大盖帽——他们不允许小商小贩胡转乱窜，我爹便拐个弯避开他们，又想着把剩下的油全换完。越走越远，越走越远，最终迷了路，只好找个桥洞子冻了一夜。白天不断打听，才踏上回家的路。

爹吃了一碗又一碗，最后，娘把所有的豆浆统统倒进他的碗里。

兰子学会了做衣裳，做得有模有样。娘便把一些活计给了她。

这天，兰子没有像往常那样回家，而是留在我们家包饺子。她和面，拌馅，擀皮……动作麻利、优美。我娘啧啧着，赞她好手艺。兰子突然红了脸，扭扭捏捏地说："姑，能不能给俺、给俺介绍个对象？"

四

也许我们白天不在家，没人和娘唠嗑，娘便养成了唠叨的毛病。她唠叨我爹，嫌他脏，过不了几天枕头上一片油黑；唠叨我做完作业疯跑,把家里的芦花鸡撵得都不下蛋了;唠叨弟弟傻气,把绒裤偷偷脱下,也不怕冻成冰柱……现在,衔在娘嘴尖被不住叨过来叨过去的是奶奶和大娘。这俩人是村里有名的悍婆娘,针尖对麦芒,叫人头疼。大娘丹凤眼,薄片嘴,走起路来,骨头嘎啦嘎啦朝天响,仿佛对老天也不服气。爷爷老早就去世了,奶奶一个人习惯了当家,大娘偏偏不听她的。

娘摇着头叨叨:"这个婆婆,压根不像个婆婆嘛,懒不说,还脏,衣裳这面亮了反过来再穿。"又叹口气,"这媳妇也不像个媳妇么,嘴巴似刀子,啥时让老天爷狠狠揍上一顿……"

这天,三婶来到我们家。三婶壮腰板,炮嗓子。她早就对大娘和奶奶看不惯。她拉住我娘,喋喋不休地说起两人的不是:"嗨,你说这婆婆,好不容易让她看回孩子,她却跟着一帮婆娘东拉西扯,害俺涛子的'命根子'差点被玉米茬子戳伤。"娘递给三婶一杯水,三婶咕咚咕咚喝下去:"还有霍月桂那娘们儿,就爱欺压人,不仅整饬她儿子,连他大爷也要被欺压成八十斤!……"娘的眼睛一眨不眨。"我看,咱们都联合起来,让老婆子像那大刘家的,滚闺女家去!……"我娘低下头,牵过一块布料,画裁着。"志云,你说呢?"三婶亲热地问。娘专心地裁着衣,似乎没有听到。三婶又絮叨一会儿,叹口气:"志云,你这闷葫芦!"说完走出门去。

兰子像个陀螺,帮我娘刷碗洗锅,清理屋子。她还跟在我娘身后,我娘一不留神,差点踩到她。"姑呀,咱俩真是有缘。你说我娘成天躺床上,我连个说话的人也没有。没想到碰到您呀,姑。那天婶子领我来,一见您,我就知道,您是我的亲姑!""姑,您面相真是善和,每句话都叫人喜欢哩!"……兰子薄薄的嘴巴迅速地开合,瓷球一样的眼珠滚来滚去。我娘嘴角咧到了耳根。

娘果真替兰子操心起对象的事。她目光黏在那些年轻人身上,跟着他们转来转去。执着,热烈,叫人感觉她不是要替兰子介绍对象,而是要一把拉过相中的年轻人，与兰子来一个"拉郎配"。然而，结果却往往令娘失望。那些年轻人不是早已有了对象，就是说忙着赚钱，压根不考虑订婚的事儿。事实上，他们早已见过频频在大街晃悠的我娘的"外甥女"，对她毫不起眼的相貌和家境并不感兴趣。

娘不知如何对兰子开口。兰子也不问，照旧帮着做这做那。

娘的目光又转向外村。她自己留心打听，又不断托人打听。结果同样让她失望。

世间事，失败几次，人往往就长个教训。娘一回回的失败却没有让她气馁。兰子依旧对结果不闻不问。

没多久，村里回来一个小周。他多年在外打工，厌倦了漂泊的生活。我娘听到消息，立刻提着礼物去了老周家。一次，两次……那小周和兰子见了面，居然芝麻对绿豆，彼此相中了。

娘穿着大红外套，胸前别着一朵大红花，站在新郎新娘旁边。她满面春风，笑得牙龈几乎露出来。这张相片便是兰子和小周结婚那天拍的。

这几年，村里响应镇政府号召，提倡大家养蚕。娘在缝纫之余也买来一些蚕苗。蚕苗如小蚂蚁，黑黑的。过几天去看时，它们身上的黑渐渐褪去，全身变成雪白，好似一个魔法。

放了学，我便和娘去采桑。西坡种了几亩桑树，像绿云绽在大地上。我和娘一人挎一个筐子，采下一片一片树叶，回家洗净了喂蚕。蚕是娇贵任性的宝宝，吃了不干净的东西，就会生病，甚至死去。我们一点点采着，筐子越来越满。

蚕一生要经历好几次蜕皮，最后一次蜕皮后，它们变懒了，伏在蚕帘上，像一个白白胖胖的贵妇。桑叶已激不起它们的兴趣。娘明白，它们想做茧了，便将它们一一放到纸板格子里。那些蚕立刻找到了归宿，昂起头开始吐丝。辗转腾挪，比织女还要灵巧。茧越来越厚，越来越大，终于，蚕将自己牢牢缚在里面。

娘将茧卖到镇上，换成钱。之后，便让我和她去洗蚕帘。蚕帘洗干净了，才能养下一茬蚕。

周末，我们带着蚕帘来到弥河边。夏日雨势大，弥河水哗啦啦地翻腾。这条从沂山西麓发源的河，一路逶迤，绕过我们村二里路，经过寿光，继续奔流，汇入渤海。我们各自取下一张蚕帘，用毛刷不停刷洗着。蚕屎、桑屑纷纷落下，被大河吃掉了。刷完这面再刷那面，刷净后，把蚕帘放沙滩上，晾干。

一些水洼窝在沙滩上，有泥鳅钻来钻去；贝壳张着嘴偷偷捉人的脚；火石洁白，躺在一堆杂色的石头里。云朵悠悠地飞翔，离我很远，又似乎很近。太阳一忽儿躲在云中，一忽儿探出头来，将炽热的光芒洒向大地。

刷蚕帘是个费力气的活。尤其那些缝隙，要几次三番刷洗。没多久，我的胳膊就有些酸疼了。扭头一看，脏蚕帘还像小丘堆在那里。我一下一下地刷着，不时望一眼大河。河水汤汤，滚着一个一个浪花向东而去，彻夜不息。

我的动作不由慢了下来。

娘呵我几声，我没有听到。忽地，我的脸上一阵凉，娘撩了些水溅到我身上。"红红，你要走出这村子，就得好生学习！"娘严肃地说。

我点点头。

"今天晚炊前，咱得把所有蚕帘都刷洗一遍，明天得晾透，保不准哪天又要下雨……"娘又说。

在家务上，娘从来不纵容我，总是让我在学习之余力所能及地做各种家务。当别的小伙伴吃完饭盯着电视时，我却拿着扫帚里里外外地打扫卫生；当别的同学做完作业尽情玩耍时，我却跟着她刷洗一沓沓的蚕帘；当别的同学结伴游玩时，我却一次次洗家里人的衣裳……相反，爹是溺爱我的，经常偷偷帮我分担。一次，娘让我洗衣裳，我毛里毛糙洗了几遍挂在晾衣绳上。爹看见了，默默取下来，用他的大手使劲地揉搓，再挂到绳子上。娘发现后，眉毛一竖："老赵，有你这样惯孩子的吗？！"

五

生活紧张而充实。我复习着功课，准备期末考试。这天晚上，我正在家用功，门被啪啪地拍响了。兰子闯进院里。她捉住我娘的手，一把鼻涕一把泪地控诉起小周，说他从早到晚在窑上干活，好不容易挣几个钱，全被他抽烟喝酒花掉了！她的命咋这样苦呀……兰子不时地抽着鼻子，鼻背上出现三条浅浅的皱纹。娘笑着说，男人抽烟喝酒怕啥哩？不喝酒抽烟的还算男人么！兰子呷了口水，又哼哧哼哧地嫌小周家里穷，这辈子指不定啥时候才能翻身……说着，就要落下泪来。娘忙安慰她，说以后把裁缝的活儿多给她一些，让她贴补家里。

接连几天大暴雨，奶奶老房子的山墙塌了，屋顶开始漏水。奶奶只好像村里其他老人那样，三个儿子家轮住。按理说，应先从大娘家开始，可大娘腰一叉，说她的儿子都没地方住哩。这样，只好先从我家轮。爹娘把奶奶安顿到西屋里，又给她置了一张桌子、两把椅子。

一个傍晚，我们听到哇啦哇啦的吵闹声。我们循声来到大门口，看到奶奶拽着一个头发像鸟窝、胡子像草窝的男人，叫他赶快滚蛋。男人眼一瞪，喷出的气息扑到奶奶脸上。奶奶不停扇着空气，叉着腰说："嘿，你个要饭的，难道我不知你是官庄的？跟人打架瘸了一条腿，成天胡吃海喝骗人哩！……"男人还是不走。这时，他瞅见娘过来了，眉目耷拉下来。娘默默地转身，从屋里找出两个馍，塞给男人。男人拄着拐杖起来，一晃一晃地离开了。奶奶戳着他的脊梁骨喊："往后，不许来这儿!"又对娘一撇嘴,"这要饭的来咱家不是一两次了吧?不要惯他!"

养蚕的行情一日不如一日,缝纫也不再那么红火。人们有的出去打工,有的干建筑,有的倒腾二手铲车。爹娘买了一辆三轮车,一大早出车,什么好卖卖什么。

暑假,娘让我和弟弟跟着出车。我看看毒辣辣的太阳,心里直敲鼓。弟弟嚷他的作业还没完成。娘只好让他守在家里赶作业,让我爬进车斗。

空气滚烫,我们的身子滚烫,三轮车的每一处都似着火了。爹开着车子,从要化开的柏油路上慢慢卷过去。不久,我们到了米店。爹和掌柜的嘀咕几句,开始搬运大米。娘也下去搬米。她弓着腰,将一袋大米猛地拱上肩,瞪着眼,快步来到三轮车前。没几次,她的头上便出了豆大的汗珠。我也跳下去,和娘一人揪住两个袋角移动着。我的全身像跳进了沸水中。

我们往临县赶去。风扇起一迭一迭的热浪,娘的白发在热浪里滚动。我有点奇怪:娘什么时候有白头发了?再看她的脸,几根菊丝样的皱纹裹在眼角。娘才四十来岁呀!

我们在一个村庄停下来。爹扯开嗓子开始吆喝:"换大米嘞——换大米!"吆喝声喊出了不少人。他们凑到三轮车跟前。一个老太太抓起一把米,在鼻子下不住地嗅着。"八毛一斤?太贵了!"她摇摇头,抛下米。没一会儿,她又抓起一把米,嗅着,抱怨着。如此反复。我刚要说她几句,娘对我一递眼色,和颜悦色地告诉老太太:"八毛一斤是市价,不信等别的车来问问就知道了。这米好着哩,是从俺镇最好的米店拉来的,每粒泛着香呢,熬出的粥稠乎乎香喷喷的,好喝!"老太太最终买了六斤米。一个黑脸汉子也称了十几斤,临走时,用大手又捞走一把。娘瞅着他的背影直皱眉。一个半大孩子蹦蹦跳跳地过来称米,娘却又多捧给他一把。

知了没命地嘶叫着，把树叶子都叫蔫了。空中不见一只鸟，倒是有不少蚊蝇在嗡嗡地飞舞。我们一边扇凉，一边在烈日下挨着。转完这个村，再去下一个村。

去一个村的路上，天空突然阴云密布，啪嗒啪嗒的雨点砸落下来。爹大吼："赶快盖米！"我和娘手忙脚乱地掀开油纸盖在米袋子上。然而风也很放肆，我们盖上这角，它又扯开那角。米袋子不可避免地浸了水。爹停下车，气急败坏地坐到米袋子上，不住地跺脚。我们终于压住了米。四周不见一棵树，一个人。整个世界，似乎只剩下了我们一辆三轮车。爹拼命地开着车，摁着喇叭。雨幕越来越大，仿佛银河泻下来。我抹了一把脸，转瞬，眼前又一片迷蒙。

到那村子时，雨势小了。我们停到一棵大树下，拧着衣服。爹继续卖力地喊叫。他的嗓音有些沙哑。人们说说笑笑出来了，欣赏着雨后的美景。因为大米浸了水，爹只好不停地降价。

傍晚时，车斗里还剩下两袋米。爹拿过水壶，让最后一滴水落进嘴里。他快说不出话了。我娘接替他吆喝。娘的声音细细的，拐着弯，好像戏台上的声音。

袅袅的炊烟升起，为村子缠了一条飘渺的玉带。人们都回家吃饭去了，很少有人再来换米。爹娘仍不甘心，等了个把小时。等星星升上天空，我们也只得回家了。

冬天换大米的时候，天气严寒，发动机被冻住了。娘走到厨房，烧上一大桶水，一回回浇到车上。车像老牛闷咳几声，终于打着了火，腾腾地走出门。此时，不过五点来钟。星星在遥远的天空一闪一闪，树枝子毫无章法地画着素描。大公鸡还没鸣叫。只有三轮车的声音，越去越远。

有次，我跟着去换瓜干。瓜干是家畜喜欢的，也是饥馑时的食粮。

爹娘从各个村庄收购来，卖到镇上。我们收了满满一车子瓜干，回去途中，爹将车熄了火，拿出一把锨去铲土。尘土簌簌地落进瓜干中，过秤的时候会重一些。这是小商小贩们的"潜规则"。当爹扬第二锨的时候，娘的唠叨病又犯了："唉，这么干净的瓜干，弄脏了多可惜……"爹不理她，继续扬着锨。娘继续嘟哝："丧良心啊，再拣干净，不知费多大的工夫，快别弄了！……"爹回过头，骂娘是个傻蛋，别人都这么做。娘脸通红，瞅着爹，嘴里却依旧不依不饶："真的丧良心呢，弄干净多不容易……"我爹一下将锨拍到车沿上，粗粗的一声钝响，大家都住了嘴。

可是，以后爹每次往瓜干掺点什么的时候，娘就不停地嘀咕。她不大吼大叫，只是嘴巴不住嘟哝，嘟哝来嘟哝去，又老是那几句话。爹听得耳朵快起茧子了，为了寻个清净，他只好老老实实把车一直开下去。

我奶奶也瞧不惯娘，嫌她是直肠子，东西这头吞进去，那头接着出来，傻气！比如寒食节，娘会早早地到厨屋里煮好鸡蛋，用红纸点上红点，出门一一去送。她挨个送给村里的老人，仿佛那些老人是她的亲娘老子。"他们没儿没女吗？"奶奶的嘴噘得能挂油瓶。一次，后街的二奶奶来家里玩，挨到中午了还不肯走。娘便跫进厨房，炒了几个菜招待她。"她就是来蹭吃的，这都看不出来？"二奶奶前脚刚出去，奶奶就开始抱怨。

这天，爹娘终于打了架。爹狠狠教训了娘这个"傻瓜"。

原因在于兰子——似乎从她结婚后，就没真正消停过。她不是冲娘抱怨小周"好吃懒做""抽烟喝酒"以及"公婆凌厉"，就是她的儿子小小周"不听话""吐奶""磕坏东西"……这天，她蓬着头跑进我们家，一个劲嚷她家起火了——"娃子在灶里煨地瓜，谁想他拨拉火星，我又去别家有事，让老周看着，老周也不上心——这个不顶用的男人！

火星子蹿到柴火上，又蹿到别处……"我娘倏地站起来，拉着兰子去看现场。回来后，我娘不住地叹着气："倒霉啊，屋子倒没塌，可得整修不是？兰子，你们要请泥瓦工吧，到时我们给凑点钱……"爹在旁边一个劲儿地吹鼻子瞪眼，娘仿佛没有瞧见。兰子挓挲着双手，眼窝黑黑的："姑啊，泥瓦工一到我们家，我们可就没地方住了……"娘明白了她的意思，爽快地说："那住俺家里！"

兰子果真收拾一家人的东西去了。爹将茶壶掷到地上："你个娘儿们，出钱不说，还要她占咱们的家？！""她不是没地儿住了吗？"娘低声说。"她咋不去别人家呢？那么多邻居！邻居家也烧着了？她来了俩孩子睡哪里，我睡哪里？……"娘似乎这时才意识到这问题："她，她不是觉得咱们最亲嘛……""天下没你这样的傻瓜蛋！"爹脱下鞋子，一下抛到娘身上。娘盈盈地闪动着泪花。

爹气咻咻地去舅家了。他质问姥姥，她的闺女怎么这么蠢，又对舅舅说，他真瞎了眼，娶了他们的傻妹妹。

兰子一家来后，住到外间，我和弟弟、娘挤里间床上。那个四岁的小小周来到一个陌生的地方，兴奋至极，不停地翻找我们的抽屉，把我们的作业撕成雪片，还打碎了我最心爱的石膏熊猫。

兰子一家住了十几天才走。娘每天热心地做给他们吃，陪他们聊天、玩耍。那辆三轮车停在车棚里，默默地看着这一切。

娘靠在门框上，望着那棵高过屋檐的梧桐。一缕云挂在树枝上，碎了，又合了。娘的神情有点迷惑，又有些坚定。邻居买了一台相机，为娘拍下这张照片。

六

爹娘不出车的时候，除了兰子一家来蹭住，就是农忙收割了。"麦收九成熟,不收十成落。"金黄的小麦像无边的海浪,等着人们去远航,去归仓。每逢这时,爹娘便赶紧穿上轻薄的衣裳,带上明晃晃的镰刀,让我和弟弟一起收割麦子。

我们弯着腰,左手攥着麦秆,右手一挥,小麦倒在地上。多了打成捆,再多了便运到场里。那辆三轮车很喜欢拉小麦,吭哧吭哧在土路上跑着,一趟又一趟。

金黄的麦田里混着不少麦蒿,花像小伞,擎在天空下。麦子一老,它们也跟着老了。不远处有几棵麦瓶草,淡紫的花苞插在绿色的小瓶子里,正冲我愉快地点头。一不小心,镰刀擦到手指上。我低头一看,血滴滚了出来,我赶紧吮吮手指。可血还像一股泉,不断地往外冒。我捏起一把土,摁在上面,往前头找爹娘。"爹、娘,姐姐她是故意的!"弟弟扯开嗓子喊。爹看看我的手指,摇摇头:"回去吧,回去做午饭。""哼,我也要歇会儿!"弟弟嚷着,朝前一扑,一只蚂蚱被他压到身下。

我做好面条,之后抛进凉水里,这样吃的时候不会太烫。我又做了一锅西红柿蛋花汤。

爹娘回来了。他们的胳膊、手上、脸上被麦芒刺出一个个红点点。我问娘疼不,娘满不在乎地"嗨"了声。他们囫囫囵囵地吃完面条,便睡午觉,待日头舒缓些,继续去地里收割。

要割上几天,麦子才被完全运进场里。之后是脱粒,之后是扬场。娘肩头扛着簸箕,一掂一掂,借助风的力量,让麦芒、土粒纷纷飘下,只留下籽粒饱满、沉实实的麦粒。整个上午,娘就那样站着,掂着,晃着。让我想起法国安格尔的油画《泉》,只不过,《泉》的主人公是一位妙龄女郎,娘是地地道道的乡村妇女;《泉》里涌出的是清澈甘甜的泉水,娘簸箕里留下的是胀鼓鼓的赶走饥饿的粮食。

爹坐在场边上,一边抽着烟,一边瞅一眼娘。这项看似简单实则需要耐力和技巧的活他并不在行。一个个烟圈从他嘴里飞出来,飘到天上。

随着时间的流逝,爹和娘的性格差异也越来越明显。有时我不明白,命运怎会把这样两个性情迥异、爱好迥异的人牵在一起。我娘喜静,很少像别的婆娘那样在街上一站老半天,扯闲篇聊家常。我爹喜动,尽管有时出车回来很晚很累,他还是甩着胳膊去别家串门。他喜欢下棋、打牌、搓麻将,没事还哼上几嗓子。爹在外头晃荡的时候,娘往往端着一本书如饥似渴地看。娘总有办法弄来书。我小时候读过连环画《宝石头》《霍元甲》《西游记》,全是借娘的东风。娘爱书到了痴迷的地步。一次,她一边熬着粥一边看书。忽然,爹闯进厨屋,一把端起锅来,又气急败坏地夺过娘手里的书塞进炉灶:"让你看,让你看!"娘这时才发现,粥早就煳了,锅底也在一点点地化掉。后来,娘将借来的书藏到抽屉里、柜子里、衣箱里,却每每不翼而飞。娘只得摇头苦笑。

爹和娘的共同点是"细致",细致的尽头却不一样。娘到坡里锄地,看到邻居的草扔我们地里,就悄悄将草划拉到不远的土沟里;谁家娶媳妇、生娃、盖房子,娘一准会去帮忙,还撺着爹去。一次,爹向别人借了一千块钱,还钱时,娘细心地数钱,从中抽出一张假的人民币,换上一张新的。爹细致的尽头有点"精明"。他走路时爱盯着地面,好捡别人丢失的东西。赶集时,他一定会货比三家,哪家要卖得又贵又孬他就不断扯开嗓子,非把人家说红了脸。要是谁家借我们的东西几天不还,爹就会有意无意地提醒他们。

玉米成熟的时候,往往是仲秋了。爹娘将掰下的玉米运到院子里。之后,便剥玉米。我们坐在蒲团上,扯掉玉米最外面的粗硬的绢子,只留里面的。爹娘将剥好的玉米缀起来,挂到树丫上,扔到屋脊上,让它经风吹日晒,磨成面存放起来。

中秋节那天，我们依然在剥玉米。玉米的山峰一点点矮下去。剥到一半时，爹娘走进厨屋。我和弟弟并不停下双手，我们知道，爹娘是去做好吃的了。果然，等月亮升起来，爹便在院子里支起桌子，摆上四个香喷喷的菜，又拿出几包我们平时吃不着的月饼和点心。

风轻柔地吹着，玉米的清香、菜肉的鲜香混在一起。虫蚰在轻轻地鸣唱。月亮那么大，那么圆，一点点往天上走。它也像一只银光光的盘子，等着盛上苍的佳肴。

我们一边吃着一边说笑。爹说起上午拍的照片，邻居让咧开嘴，弟弟却偏偏噘起嘴。娘说，弟弟那时的嘴巴一定被臭大姐咬了下。我噗嗤一声，弟弟将最好吃的一个月饼喷了出来。

七

我娘发达了。她的发达是我和弟弟带来的。我考上大学，毕业后进了一家国企，弟弟也在一家大公司实习。

娘穿着一件暗红底绣着金丝牡丹的褂子，同系列裤子，脚蹬一双锃亮的皮鞋，一甩一甩地走在大街上。见到一个人，她就停下来拉呱。她满面笑容，跟人扯啰这、那。但她的话头最终会落到我和弟弟身上。她会喷喷地夸耀我工作多好，工资有多高。还有弟弟呢，将来也是"公家人"……"大半辈子的苦没白熬啊！"对方说道。娘等的就是这句话。

第二天，娘换上一件条纹相间的呢子大衣上街了。她像昨天那样，和人唠着，笑着。对方频频瞟娘的衣裳。娘抻一抻衣襟："嘿，这都是闺女买的，一件好几百哩！"娘丝毫不掩饰内心的自豪。

第三天，娘穿上一件橘红色立领外套上街了……

娘就像一个蹩脚的模特，尽情展示着她漂亮的皮囊。

是的,娘爱美,我从第一眼瞅见她那张黑白相片就知道了。漫长的岁月中,尽管娘为生活而奔波劳苦,却丝毫没有停下追求美的步伐。娘会拿着刀片,请村里手艺最好的人为她理发。"理个齐耳朵斜刘海的。"娘说。每隔三两天,娘就洗一次澡。爹说她怎么不生在锅炉房里,白白地浪费水。娘嘴一撇:"谁像你老赵呢,走过的风都带着头油味!"一次,娘在集上看中一顶黑色兔毛帽子。她戴了又戴,摩挲了又摩挲,最终,还是依依不舍地丢下了。回家后,她用黑绒布左摆弄右摆弄,做了一顶类似的帽子戴头上。

我买了一个大衣橱,衣橱挂满了娘喜欢的衣裳。娘每天像皇帝点妃,一扭一扭地走在大街上。娘知道自己的短处,她的背越来越驼,所以她挑的衣服都是相对宽松的。

我也买了个书橱,里头堆满了各种各样的书。娘最感兴趣的居然是本《彼得大帝》,这是我为凑单买的。娘边看边嗟叹:"做人哪,就得像彼得一世!"爹哼哧一声:"你个农村妇女,中国字还认不全哩,还看外国书!"娘也哼哧一声:"老赵,你是一个'白丁'!"爹一咂壶嘴,他还以为娘夸他是白白净净的壮丁呢。

相反,爹的兴趣更多集中在身体的享受上。他让我买了几把上好的紫砂壶,还有一些品质高档的茶叶。他一边喝茶一边跟笼里的鹦鹉对话。"叫大爷!"那只花头鹦鹉在笼子里跳来跳去:"叫大爷!"以前,爹爱去别人家串门,现在,越来越多的人来到我们家。谁都知道爹有好茶叶、好酒。他们泡在我家打牌、抽烟、喝酒。家里弄得云遮雾绕,哄闹一片。爹跷着二郎腿,一边吧嗒一下壶嘴,一边掸下烟灰。后来,串门的人里多了村主任和支书。

一天,娘给我打电话,有点忸怩地问能不能给她买双硬底尖头的皮靴——"就是形状像船的,红啊,我看村头大刘的媳妇穿了这么一双,走起路来真好看!"我便去商场买了一双寄给娘。

娘再三要求我过年回家，说她参加了村里的腰鼓队，初一那天有演出。"你一定要来，谁家做寿娶媳妇都请我们呢，我们还去外村演出过，不是每个人都能看到我们的演出！"初一那天，娘穿着大红的衣服，腰间别着一面小鼓，手里拿着鼓槌。她和一帮同样装束的妇女不停地扭着，敲着，跳着。她们敲出《好日子》："今天是个好日子，心想的事儿都能成；今天是个好日子，打开家门咱迎春风……"她们敲出《喜乐年华》："过上了好日子红红火火，赶上了好时代喜乐年华……"我从来没有想到，娘有些臃肿的身体竟能那么自如地扭转，舞动。她的脸上挂着灿烂的笑容，白发染黑了，整个人像年轻了十岁。这是我为娘拍的一张特写。

是啊，爹娘苦尽甘来了。他们的地位无形中发生了改变。村里人看他们的目光透着尊敬，也许还有艳羡。这也似乎再次印证了那句古话：书中自有黄金屋，书中自有千钟粟……爹娘供我们寒窗苦读，我和弟弟终于走出农村，脱离了面朝黄土背朝天的生活。这是我们的"成功"，更是爹娘的"成功"。而那些人呢，早出晚归，奔波劳累，让子女早早地辍学，盖起了大房子，买上了小轿车，不还是脱离不了乡下人的命运？

八

我撑着伞，伞下有娘。身后是卢舍那大佛。烟雨蒙蒙，大佛无言。娘努力挤出一个笑容，可深深的哀伤还是从眸子里溢出来。

这是我结婚那年带着娘拍的。爹娘是从自家"逃"出来的。夜黑人静，那些要债的也熬不住，找地方睡觉去了。爹娘从没想到，已过天命之年的他们头上会突然坠下一座大山，让他们难以呼吸。而这大山，是弟弟给的。

弟弟不知何时迷上了赌博。一夜一夜，他和一帮狐朋狗友快意无限，妄图通过好运气实现财富和命运的翻身。殊不知，赌博本身就是个套子，将他的青春和前程牢牢地套进去。等他醒悟过来，为时已晚。他索性拍拍屁股走人。

债主们纷纷堵上门，对爹娘源源不断地发射着污言秽语的子弹，扬言一个月内不还钱，就让我们家片瓦不留，叫弟弟把牢底坐穿！

爹娘躺床上，一动不动。只有深深的眼窝流出的泪水，证明他们还活着。泪水打湿了面庞，打湿了床单。

他们怎会想到，弟弟如脱缰的野马，脱离了他们的掌控。想起他小时候稚嫩的哭声，咿呀的学语声，淘气时的嘻哈声，想必心如刀割。往事有多么美好，现实就有多么残酷。

他们也想不明白，弟弟他还要什么呢？这些年来，他们把心捧给他，把命献给他，可他还不满足，将他们拖进无底的深渊。

事实上，爹娘忙于生计，平素很少对我和弟弟进行严格的三观及人格教育。他们用一言一行展示着做人的原则：知足常乐，问心无愧。

天花板有些泛黄，一只灰暗的蜘蛛索索抖了一下，似乎也在考虑如何熬过这个寒冬。

往日喧阗的家里门可罗雀。人人都躲着爹娘。他们的目光透着同情，也许还有一丝幸灾乐祸。之前，爹娘是人人羡慕的人上人，是大家的楷模，转瞬间，他们便跌进生活的地狱。倒不如自家孩子，虽出息不大，却实实在在地守在身边，看得住，管得着。

爹娘不吃饭，也不喝水。似乎存心要时光抽干他们的血液，攫走他们的生机。

我恨弟弟。先前他骗我说做生意，问我借过钱。几次三番后，我的手头已无盈余。直到接到高利贷主的电话，我们才知他在外做下的可耻勾当。

也许弟弟这一生，算完了。

"爹，娘?"我轻轻地唤。

没有声息。回答我的只有无尽的眼泪。

空气沉闷。我们似被塞进了毫无出路的茧中。

忽地，爹从床上坐起来，"哗啦"扫掉桌上那把他最心爱的紫砂壶。他又挥着嶙峋的手，扫掉桌上的每一样东西。"没法过了，没法过了!"他老泪纵横，僵尸一般跌回床上。

娘依旧一动不动。

一天，两天……

就在我以为毫无希望之时，娘像纸片人似的一点一点地从床上卷起来，挪到脸盆边，细致地洗脸、梳头。之后，她又打开衣橱，找出那件紫底金丝牡丹的衣服。

"干啥?"爹有气无力。

"借钱去。"娘说。

"干啥?"爹又问一遍。

"借钱。只要人还在，没有过不去的坎儿。"娘的声音低沉、坚定。

爹仿佛从娘微弱的话中汲取到力量，他也慢慢地从床上卷起来，洗脸、换衣裳。

爹娘首先去的是兰子家。这些年，兰子已不再做裁缝，而是做起了服装生意。他们从南方批发来便宜衣裳卖出去，赚取差价。他们盖起了二层小楼，买了一辆崭新的小车。

但爹娘脸色难看地回来了。爹将一叠钞票甩到桌上："当初，咱帮了她多少忙?哼，说没有现钱，没有现钱，鬼信!"娘默默地收拾起那些钞票。这个关节，一分钱也是无比珍贵的。"你瞅瞅她油光光的头发，还有那得意的神情!"爹依然愤愤地说着。

一个月来，爹娘就奔波在借钱的路上。他们借遍了每个可与"亲戚"沾点边的人,又让亲戚帮着借钱。我不知道,这期间,他们受了多少委屈,看了多少的世态炎凉。一些平日称兄道弟亲热无比的人有时拿不出一个子儿,而有些平时不怎么走动的家境贫穷的人宁愿翻出所有积蓄帮他们渡过难关。最让他们感动的是三舅家,自姥姥去世后,三舅的身体一直不太好,但他们还是将仅差一个月到期的定期存款全部取出,又卖了两头长势正旺的猪。

爹娘终于堵住了要债人的口。等待他们的,是更为艰难困塞的日子。

九

娘弓着腰,给一盆盆花浇水。浇完一盆,再挪动一下,浇下一盆。一亩花田少说几百盆花,花田又不止一亩。娘穿着灰褂子、黑裤子、方口鞋,看上去像个最普通的老太太。这些年,她已远离了那些考究的衣裳。那些衣裳是云上生活的象征。现在,她匍匐着,向大地讨生活。她和爹要用辛勤的劳动,赚取一分分钱,精卫填海似的还债。

粉的、白的、紫的、红的花朵,娇艳鲜美,形成巨大的动人的背景,衬得娘的脸愈加灰扑扑的。娘好似一只蜗牛,被抛进了无边的花田里。

我喊了声娘。娘没有注意到我,依旧在专心地浇花。

这些年,城镇化的步伐越来越快,弥河镇发展日新月异,矗立起不计其数的工厂。就连我们村子前头也有了一个养鸡场,西头多了家机床厂。还有的人家开起了熟食铺,做起了快餐生意。每个人使尽浑身解数,各显神通。爹娘像被滚滚大潮抛上岸的贝壳,看着人们轰轰烈烈,赚足腰包。属于他们的时代早已远去。他们的腿脚不再利落,眼神也已不济。年迈的他们只好去做劳务。每天一大早,他们就骑着电瓶车来到镇上。天气严寒，他们不住地呵手跺脚，眼巴巴地望着前面。要工的人来，他们便跟着拥上去。但很快又被挤回来。他们得到的往往是别人不愿干的繁重而报酬少的活计。他们给人拉货出仓，一趟趟搬着沉重的物品，累得四肢发抖全身瘫软；他们给人种树栽花，一天到晚守在田里，腰酸背痛直不起腰；他们给人刷墙抹泥，仰着头从早到晚重复同一个动作，脖子僵直头晕眼花；他们帮人出大粪，跳进粪坑一锨又一锨，粪点子不停地沾到脸上、身上……只要能赚到一分钱，他们都愿意下大力气，付出全部。

弟弟已回到企业上班。爹娘打理好一切，他见风平浪静，吃不了在外的苦，又悄悄地潜回来。爹把他关厢房里好几天，不给吃喝，娘偷偷送去吃的。

我又叫了一声娘。娘这时抬起头，揉揉眼。她的身影瘦小得像竹叶。我的眼眶有点湿了。娘终于认出来我，她捶打几下腰，慢慢地站起，一脚一脚地走向我："红，你咋来了？也不提前说一声。"我到家里时，大门锁着，爹也不在。邻居告诉我，爹到镇上帮忙拉木材，晚上也住那里，娘则在花田里忙活。

这几年，娘好似变了一个人。严寒的风霜一次次侵染着她，繁重的劳动使她头发全白，皱纹如野草蔓生。刚才我给娘拍了张照片，因为距离远，倒看不清细致面目。娘在腿上擦了擦手，跟田主请假回家。

院子显得空阔、寂寥。花草顾不上打理，早已死去，搬离了院子。梧桐顾自往天上长，石榴树扭歪着身子，努力够着屋檐。它的枝头燃着不少火红的花。娘说："这树结的石榴格外甜，到时给你留几个。"

我从包里掏出茶。娘说："放着吧，你爹现在不怎么喝茶。"我又掏出几包黄精，让娘每天吃上两条。娘接过来，小心地搁到抽屉里。娘转过身去厨屋烧水。一天到晚在外面忙碌，连口现成的热水也没有，吃饭也往往是馒头就咸菜了事。

我屡次劝娘，不要再这么辛苦，弟弟已经上班，还有了女朋友，让他自己慢慢还就行了。娘总是答应着，却该怎么出工还是怎么出工。

几间屋子挤在邻居的二层小楼之间，像苟延残喘的老牛。爹娘风光的时候，也曾想过翻盖，终因麻烦了事。

尽管爹娘愿意付出全部力气，也并不是每天都能得到活计。有时候，他们在劳务市场待一整天，等来的却是竹篮打水。爹娘直勾勾地望着马路，望着川流不息的人群，心里发出一声声哀叹。时间就是金钱，那些债务一天不还清，他们的心里就一天不踏实。

娘思前想后，居然去找村里的包工头老王了。老王带着十几个人轮村转，给人盖屋子。老王一看到娘就皱眉，说早满了人，一个不缺。再说干建筑是男人的活儿，一个半老婆娘掺和什么。娘找了一次又一次，说她不计较工钱，不计较活计，只要让她待那里就行，和和水泥，提提灰桶，搬搬瓦块……最终，老王拗不过她，只好让她跟着。这样，娘每天早起去干建筑，晚上回来。遇到工程急，干脆住在那里。一次我回老家，被老王的婆娘抓住胳膊——她是个大腹便便的女人，满脸油光。她拍着手说："你娘这么大年龄了还放任她出去！"听说有次，娘抱着比自己身量还高的砖块一步步朝前走，失去平衡，砖块哗啦掉到地上，差点把她砸底下。

一天我在上班，又接到三妗子电话。她哽咽地说："快劝劝你娘吧，她简直不要命了！昨儿我到你家送东西，九点了她还不回来，我就一直等。快半夜了，一个人闯进来。你娘一瘸一拐的，头上鼓着一个包，右脸颊又是一个包，血痂花花地挂在那里。原来你娘收工后骑电瓶车路过一个庄子，窜出来一条野狗，你娘躲那狗，电瓶车一下就翻了，你娘也甩了出去。不知多久她才慢慢地爬起来，扶着车子，一步步回家来。我拽着她去看医生，她死活不肯，只简单涂了些紫药水。我知道，她是疼钱呢！今儿一大早，她又肿着脸瘸着腿出去了……"

十

娘的苦劳力生活随着我的孩子的出生被迫中断了。

孩子出生后，我工作繁忙，先生也忙，我们便请娘帮忙照看。

娘在小区花园抱着孩子。风吹过，柳条拂到孩子脸上，他小手一抓，柳丝又飘荡开去，扫到娘脸上。娘哈哈笑起来，孩子也嘻嘻笑着。这是我为娘拍下的一张照片。

娘十分疼爱孩子，仿佛他是一件珍宝。她会长久地盯着孩子，看他粉色的脸颊，粉色的笑容，粉色的身体。每天，她都能在孩子身上有新的发现："哎呀，他会打挺了！""快瞧，他在学小羊叫哩！""嘿，他真能吃，满满一瓶奶都不够！"……

娘恨不得日夜陪伴孩子。她轻易不让我们抱孩子，怕不小心把他摔了；晚上也要搂着他睡。她用厚厚的小褥子裹着孩子，一边轻轻摇晃，一边哼着歌。娘的嗓子很细，有些跑调。孩子却似乎挺喜欢。娘不停地摇晃着，摇晃着。半个多小时后，孩子安静下来。娘将他轻轻放到床上，精明的孩子一下哭起来，表示抗议。娘只得再次抱起他。

娘又重拾起裁缝的工作。家里没有缝纫机，她便去市场买来最好的新疆棉和布料，坐到床上，一针一线地给孩子缝纫。她半眯着眼睛，穿针走线，一边不时地看一眼不远处玩耍的孩子。很快，孩子有了一座最暖和最全面的衣仓：棉袄、棉裤、小被子、小褥子……

小区里有不少老头老太太也照顾孩子。娘非常喜欢和他们聊天。她坐在石凳上，一边哄着孩子，一边侃天侃地，最终，她会侃起自己的子女。有次我去喊她吃饭，听到她在高声夸耀："俺儿要出国呢，出去十几天！听说光坐飞机就得一天两夜。公司那么多人，就挑了他一个……"事实上，弟弟是在别人不愿去的情况下才去巴西的。娘又高着嗓子说:"俺闺女会写文章哩,书上印的都是她的字!那文章写得比《彼得大帝》还好呢……"我站在那里哭笑不得。

娘日夜辛劳,腰不小心闪着一次。我给她买来不少膏药,她一日日躺着,终于恢复了正常生活。

孩子上幼儿园后,弟媳也生了小孩,娘就马不停蹄地回去照看孙子了。

我完全想象得到,娘是怎样把自己当成了全职保姆,尽心地哄孩子玩,搂孩子睡,日日夜夜。

娘回老家后,兰子去过我家几次。听说她黑着眼圈,头发有些凌乱。她捉住我娘的手,哀叹自己命苦,说姑啊你瞧,老周这个男人一辈子扶不起来,小周呢,也差点要了自己的命!小周非要跟着做服装生意,心大,又吃不了苦,尽弄些花里胡哨的衣裳堆那里,都快发霉了!现在,他又瞅上了二手铲车生意,没想到又赔了钱……我娘拉着她的手,不住安慰她。

奶奶已是个老奶奶了,脾气却越来越乖张。她最爱拿个小板凳到街上,一坐一整天,控诉大娘的不对。大娘也不饶她,一到他们家,就想法赶奶奶去姑姑那里。

十一

娘歪在床上,穿着病号服,脸色黯淡。但她笑着,望着刚满月的二孙子。小孩圆头圆脸圆嘴巴,嘴角吐着几串泡泡。娘紧紧攥着他的小手。这是弟弟为娘拍的绝命照。

娘是在陪大孙子玩耍时不小心摔伤的。那孩子疯跑着追一只鸟,前面有个水坑,娘也紧着追孩子,没想到一跤绊在一块石头上,当时就爬不起来了。

弟弟赶来时，已过去了一刻钟。

娘被迫住院了。

我给娘打电话，娘的声音挺轻快："嗐，就摔了一下，很快就会好，忙你的活儿吧！"

过了几天，弟弟悄悄告诉我，经过一系列检查，娘的脊柱有两节塌缩了，余生很可能困在轮椅上……

我呆呆地握着电话。那弯曲的脊柱终于承受不了长年的重力与艰辛，以一种倾颓的方式报复了娘。我想象娘坐在轮椅上的样子：双腿耷拉着，被人推着去大街，去赶集，去走亲戚……

娘很疼。疼如针尖，一下一下地扎着她，让她坐卧难安。

治了几天，没有起色。疼还在持续，似刀子划开了布帛。

娘埋怨起自己的腰。"真不争气！都快一辈子了，也没犯过大麻烦。现在我还急着抱小孙子呢！"

娘有空便捋自己的腰，又轻轻地按摩。仿佛这样，腰就会听她的话，让她走出病房。

娘十分配合医生。让她输液她便输液，让她吃药她便吃药。

爹每天去幼儿园接送大孙子，弟弟忙着一个项目，弟媳忙着照顾小婴儿。更多的时候，娘一个人静静地躺在病床上。

"娘，等忙完这阵我回去看您。"我说。

"别，忙你的就行。上次蒸馒头也闪着了，不个把月就好了？"娘很自信，又埋怨起上苍的不公，"你说说，人为啥非得有腰呢？兔子没腰，鸡鸭没腰，猪狗也没腰……"

一天，娘有些恐惧地对我说："大腿根也开始疼了……好像抽筋，又不太像，'哗'地荡开，又疼又麻……"

疼让娘睡不着觉。一夜一夜，她瞪着天花板，瞪着雪白的墙壁，瞪着病号服。

"红，你说，我的腰不会坏了吧？"娘问。

"不会的，娘，伤筋动骨一百天呢。"我想了想，又不经意地说，"大不了坐轮椅呗。世界上多少大人物都坐轮椅呢：霍金、张海迪、史铁生……还有苏联那个列宁，中风后也是坐在轮椅上……"

"不，我不要坐轮椅！"还没说完，娘有些激动地打断我，"西头小柱的爷爷不就坐轮椅上，整天叫人伺候，像个累赘！"

一天半夜，我被娘的电话吵醒了："闺女，快救我，快来救救我吧！有两个黑袍子的人老是撵我！我跑上山，他们就飞上山；我逃到窗户里，他们就顺着窗缝溜进来；我抱住树往上爬，他们就不断扯我的鞋子……"娘带着哭腔。

"娘，那不过是失眠引起的幻觉。"我安慰她。

我给娘寄去褪黑素，寄去三七粉。

"娘，等这个培训班结束，我带您去海南，去西藏。您这辈子还没坐过高铁呢，也没坐过飞机。我再带您去喝乌鱼蛋汤，吃佛跳墙、葱烧海参……"

那头的娘呵呵笑起来。

"红，还记得不，小时候，我和你爹编筐篮，没空理你，你就跑到远处，捡了个瓶子，'哎呀，瓶瓶嘿，瓶瓶……'"娘奶声奶气地学着我，又叹口气，"你这丫头还粗心哩！上高中时，你每次回学校我都骑着自行车在后面追你，不是落了作业，就是落了帽子围巾……"娘回忆着，"你这丫头还犟。有次和同学顶牛，你把书包挂柴火垛上，指望着同学去取，结果他们没有，我只好一路找那柴火垛，找了大半晌……"

往事如潮水，浮现在眼前，那么温馨、美好。

此后，娘便时不时回忆往事。这似乎成为她打发病床时光的一种方式。

"我这辈子呀，真幸福。你们对我这么好，别人也对我这么好……"

娘说。

的确，娘是个容易满足的人。

接连几天，娘安静了很多。她不再喊疼，不再恐惧，也不再打电话。弟弟去看她，说娘自觉好了许多。"那些药起效了，也许医生的诊断是个错误。"弟弟说。

过了几天，娘吵着回家。我们都劝娘多待一阵。可娘像小孩子，说老家空气清新，更利于她康复。

弟弟只好把她拉回了老家。

四月的天，空气温柔。梧桐落下高高大大的阴影，石榴枝叶婆娑，一只麻雀从树丫上弹起，飞向蔚蓝的天空。

娘倚着门框，微笑地望着一切。

娘依然不闲着，擦桌子、抹椅子、扫院子……如果不是脸色有点苍白，还真看不出她是一个病人。

的确，娘的脸有些苍白，脸面也似乎越来越大。那些微蓝的血管如蚯蚓，盘伏在皮肤下。

很多人来看娘。娘拉着他们的手一一唠嗑。他们夸娘精神好，很快就会好起来。

空了，娘又捡起针线，为小孙子做棉袄、棉裤，陆陆续续做了好几件。

这天一大早，娘便起来了。她穿着那件紫底金丝牡丹的外套，一条黑绒裤子，脚上踩着锃亮的皮鞋。晨光里的娘，看起来年轻、美丽。

娘拿起笤帚扫地。之后，又一一刷了碗，洗了锅。

弟弟和爹让娘回去休息。

娘笑呵呵地看着他们。看得爷俩有点不好意思。

他们总觉得娘有点怪怪的。

弟弟出去擦车，一回头，差点碰到娘。"娘，回屋休息吧，不是睡不好吗?"

娘点点头。

娘又跟在爹的身后,眼神温柔,执着。爹呛一句:"回屋睡觉去!"

中午,娘让爹炒了她最喜欢吃的芹菜肉丁和土豆丝。娘吃了很多的菜,两个馒头外加一碗粥。

娘对弟弟和爹说想去厕所,走出屋去。

很久很久,娘也没有回来。

爹打开厕所的门,一下子呆住了。娘半跪半立在地上,脖子套着挂农具的绳套,已出现一道深深的、深深的血瘀。

爹大叫一声。弟弟紧跟着也出来了。

然而娘还是走了,就那么走了。

今年,是娘去世的第四个年头了。四年里,我一直似处于梦中,觉得娘没有离开我,她只是去了远方,很快就会回来。

我经常梦到娘。娘说,闺女,别老加班,班能加完吗?又叮嘱我路上慢点,到处都是车。

一次,娘冲我招招手,引我到一个暗淡的小屋里:"看,这都是我为孩子们做的棉袄、棉裤,还好吧?"我抬起头,床上、椅子上,全是大小不一、图案不一的棉袄、棉裤。

娘出殡时,我没有流出眼泪。泪不知跑哪里去了。先前,我跟着守灵的人一个劲儿地哭泣。那是一种深沉悲哀的气氛。泪从眼窝里滚滚而下,敲在地上,发出响亮的声音。

娘的棺木被几个人抬走了,要放到车里。送葬的人紧紧扒住棺木——熟识的,不熟识的。不得不说,娘有个好人缘。有人回忆起娘大年三十帮他们赶制衣裳,不耽误第二天拜年;有人回忆起自家盖房子,娘连着一个月去帮忙；有人回忆起浇地时大伙儿都抢水，唯独娘让给别人……也有人对娘的走表示不解，说当年儿子捅下那么大娄子，她都挺过去了，现在不过腰坏了，她却毅然决然走了……

哭声一浪又一浪，形成厚重的帷幔，牢牢地遮住了我。

娘被抬上了汽车，之后，汽车绝尘而去。她要被火化，然后，埋到地下。

我们将娘的骨灰盒送到地里。人们扬起锹，黄土一点一点覆盖了娘，一座高高的坟隆了起来。

这年夏天，我再一次回老家。还是那几间屋子，缝纫机、锁边机、桌椅、书架静静地站在那里。打开衣橱，还有娘最心爱的几件衣服。

我打算去坟地看看娘，和她说说话。

天很热，白云一朵接着一朵。地里玉米一人多高，拉拉藤、葛蔓纠缠在茎秆上。草拂着我的鞋面，荆棘不时地刺我一下。它们形成密不透风的天地，我难以迈脚。蚊虫嘤嘤地飞舞，有一种不知名的小黑虫，形成一团飞雾，紧紧地跟着我。我使劲拨拉着，拨拉着，不知多久，终于看到了那座坟。

坟头已矮了许多，藤蔓占领了坟墓，一些蓝色的牵牛花从蔓中探出头来。

"娘！"我喊。

娘没有回答。

"娘！"我再一次喊。

依旧没有声息。

我伫立在那儿。四周，似陷入一片寂静。倏尔，热风又扑上我的脸颊，葛藤刺得我胳膊生疼。我终于明白，我的娘，是死了。泪水扑簌簌地滚到地下。

我只有这些相片了。一个人经风历雨的一生，只浓缩为几张薄薄的相片。娘她不再言语，不再微笑，不再和我有共同的喜怒哀乐。娘不要我了。

娘走了，我也一天天地走向归途。我渐渐明白了这一点。

也许某一天，我们还会重逢吧，在另一个世界里。

我悲伤的心又有了隐隐的希望。

辑二

平湖之春

一

春夜。大宋不夜城漫过来的灯光，融合在乳白的月色里，仿如蜜里调了清茶，再加上那"唧唧""嚯嚯"的虫声，使人的心境变得奇特的安然、舒致。一个湖，一座城终于宁静下来。而九百年前，有一群劫富济贫、一呼百应的汉子在这里叱咤天下，将三百年的大宋王朝摇得玉山欲倾。

风吹来潮湿的气息。树影扶疏，花草蔓延。影子晃在前方。我们似乎要走进浓浓的水声里去。

很久没有在湖畔行走，尤其是晚上。

挨近水边。湖和天接在一起，成片的芦苇如睫毛，显出它的立体感。经了月光的浸润，湖水像面银灰的镜子。疏星闪一下，镜面也跟着摇晃一下。风只酥酥地用着力。一只只木舟横在那里，如入定了一般。

谁也没有大声说话。静谧像一张网罩住我们。湖水极近，又看着极远；星星极远，又恍惚伸手可捉。一时分不清是在幻境还是在现实。那一百零八个好汉睡着了吗？我们的脚步应不会将其惊醒。当年，东平府陈府尹将本应是死囚的武松卷宗上的罪责改轻，令人星夜投京师疏通关系，使其免受死刑，彰显满腔义气；宋公明义释双枪将，终依晁盖之言做了梁山泊主，从此，好汉们有了一面旗帜，在历史上留下浓墨重彩的一笔。而今，这些好汉都睡着了，睡在朦胧的月色里，睡在宁静的湖水旁。

对东平素来便有好感。因工作关系，经常接触一位东平老先生。每次他一笑，都能震下一树麻雀，而苍老的眼睛清澈一如湖水。朋友说，东平人多是这个样子，有时能从面目上分辨出来。这或与水浒文化的氤氲有关。

我们在湖边走，在夜里走。湖水渐渐由银灰变成银白，星星由疏而密，又由密而疏。露水打湿了衣裳，虫声渐趋岑寂。我们像一尾鱼，滑进夜的深处、湖的深处。

二

第二天一早，便跳上一只木船。不在水上畅快地游一回，不算来过东平。

船主人是位六十多岁的汉子，人们都叫他老赵。他穿着栗子红夹克，黑灯笼裤。老赵笑盈盈地拉我们进入船中，便不紧不慢地操起一支篙。水面被犁开了，小船惊扰了湖的晨梦。

湖上已有不少船只。这里的人习惯早起。以前，很多人是"随河船"主，一辈子一条船飘在湖上，摸黑收网，赶早卖鱼。

水很清，老赵告诉我们，最深的地方接近九米。黄河泛滥的时候，水漫到湖里，往往形成水灾。有人统计过，这湖因黄河泛滥发生过一百八十多次水害。早先这湖还叫过"大野泽"。大野泽不断北移，又被称为"梁山泊"。

几只红嘴鸥低低地滑翔着。天很晴朗，红日升起，水天相接处，如破碎的蛋黄。水粼粼闪闪耀人的眼，风也淘气起来，缭乱人的头发。

　　腊山、司里山、蚕尾山像一个个青螺浮在水上。它们有的是定力，千年万年了还在原地。我们一会儿似在它们东边，一会儿似在西边。湖水这么浩渺，找不着方向，也情有可原。

　　芦苇一片片插在水中。如果不是风及时阻拦，它们也许会长到天上去。到了深秋，绿意渐渐退去，青纱帐会变成黄纱帐。它们挤成一面墙，风都难透进来。有时风可劲一刮，会刮出几只青头潜鸭。这是全球极危物种，总共不到五千只，东平湖有一千六百只。如果你有耐心，摸到芦苇丛里，随手会抓到一只只鸭蛋、鸟蛋。麻鸭、花脸鸭、水鹨、大苇莺等各式鸟禽都喜欢在此栖息、繁殖。有时鸟呼啦啦在天上飞，能把太阳的光芒盖住。

　　船轻轻一拐，驶入一条狭长的水域。几只渔舟正在撒网。那网好似天网，无声无息地飘入水中，兜起来时，挤满了活蹦乱跳的鱼。船头站着些鸬鹚。它们个头很大，一副憨态。而一到水中，个个都是武林高手。

　　"今天咋样？"老赵吆喝一个黑脸汉子。那汉子满脸堆笑："早晨六点就来了，你瞧！"船头的篓子里层层叠叠都是鱼，好似九月收获的玉米。那汉子一边撒网，一边又瓮声瓮气地说："今天运气好，逮到了一条超大花鲢！"我很想看看那花鲢，听说这湖捕出的鱼能达三五十斤。老赵一篙撑出，我们的船却飘走了。见我遗憾的神情，老赵哈哈一笑，说："中午去饭馆里，想吃多大的鱼都有，一百斤的也有！"

　　渔民们捕鱼、捕虾，也捕田螺和中华绒毛蟹。东平湖水产丰富，是一个天然的宝藏。千百年来，渔民们靠湖吃饭，一条船，一家人，婚丧嫁娶都在船上。昨晚在湖畔见到一条废弃的随河船，船舱占一多半位置，舱顶用厚厚的茅草覆盖。渔家在船头做饭，在船舱洗澡，晚上就挤在小小的舱里沉入梦乡。子女有了心爱的人，便再撑一条随河船，单独过日子。这船承载着东平儿女的生生死死、喜怒哀乐。

"冬天湖上结几尺厚的冰,那时可咋捕鱼?"我替渔民犯起闲愁。

"就是。鱼虾躲在水晶宫里,可自在得很……"朋友也附和。

老赵一撇嘴。不过,瞧在我们不是本地人的份上,他说:"冬天有冬天的法子呗,渔民穿上特制的钉子鞋,砸开冰面就成喽!"

冰清脆地被砸开,水哗啦啦地流动,鱼儿好奇,天开了一个窟窿,却不知,入了渔民们的彀中。湖上而生,湖上而长,渔民也成了精灵,成为生物链上最高级的一环。

"最多的时候,一条船一天能打一千六百斤鱼呢,想想吧!"

我咋舌。想起九百年前水浒好汉们在此大碗吃肉大碗喝酒,何等快活!

湖上缀着不少荷叶、芡实。它们在悄悄长大,蔓延,直到占领水的间隙。一到开花时节,粉的粉,白的白,紫的紫……整个湖面会成为绿底繁花的锦绣。"芦花深处屯兵士,荷叶阴中治战船。"在这湖面,水浒好汉们将大宋的精兵强将打得落花流水,不知南北。这湖就是他们天然的屏障,驰骋的疆场。

船慢悠悠行了近四十分钟,我们恍惚还在原地。如果在南方,这湖一定会被喊作"海"——如云南的洱海,我们成了海中一粟。

几朵白云棉絮般垂下来,似乎也要感受一下清澈的湖水。一只水雉打开漂亮的羽翼,戳穿了棉絮。

老赵的手上布满青筋,左一下,右一下,船就轻轻飘开去。我紧紧地盯着他的手。

老赵瞧出了我的渴望,把篙递给我,自己坐到船头,摸出一支烟卷。

我学着老赵的样子,弓起腰,使尽全身气力一划。船迅速打了个旋儿,却还在原处。朋友笑如银铃,老赵也笑起来。

我不服气，又是一篙，一篙。船吃力地挪着，像一头喘粗气的牛。

朋友跳过来，抢过篙。她的力气比我大，心也比我细致。船在她的努力下一点点前行着。

"巴适、巴适！"右前方飘来一条船，一个花里胡哨的女人一手捏着遮阳帽，一手指着远方。一个男人蹲在甲板上为她拍照。女人又甩一下波浪发，露出珍珠似的牙齿。

"每年来东平湖的游客可不少。都喜欢在这里看看景，吃吃鱼，住住民宿，走的时候，还要带上些粥粉和麻鸭蛋。"

小船缓缓前行，水面晃着云的影子。

忽地，小船使劲颠簸起来。浪花扑到船上，打湿我们的脚面。老赵赶紧丢掉烟卷，抓过篙来。"到须昌城了！"他吸一口气。

我踅到船头，只见漩涡一个紧着一个，幽黑，深长，形成一条起伏不定、变幻莫测的水毯。我们的船一会儿被抛往空中，一会儿又如跌进深谷。仿佛有一股无形的力量，在牢牢地控制着我们的船。

老赵表情严肃，瞪着双眼。我抓住朋友的手，感觉她的手心已渗出汗珠。

"这底下就是须昌城，那么大一座城就被埋在水里！"

"什么？一座城……在水下？"我和朋友同时问。

四顾苍茫，刚才的女人和船已不见。世界上似乎只有我们一条船，行驶在渺无边际的水上。

"可不是，"老赵摇摇头说，"水底下有座很老很大的城。你们稳住，咱们抓紧点。这古城，可了不得！"

云灰沉沉的，越来越低，仿佛那股力量也摩挲了它，使它失去了原本的轻盈。

"须昌城到底是怎样一座城？"我们的好奇心如窟窿。

老赵说："这须昌城啊，打商代就有，西周的时候，伏羲后裔的须句国迁到这里。唐朝的郓州治所也在须昌，跟你们说吧，那时的须昌城，就相当于咱们今天的省会济南。它贯通东西，串联南北，是唐宋时期一条重要的官道。正因为这样，这城也就成了兵家必争之地，东平郡守李祗兵讨安禄山，一个大将田宏正打败了叛军，又平复郓州。还有绿林好汉黄巢，也在这起义过……五代的时候，各方面对这须昌城的争夺就更激烈了。要不是1000年的时候它被淹了，水浒好汉也许会将这里当作据点呢！……"

这城不知见证过多少的拼搏厮杀，目睹过多少血雨腥风。

"这正说明了须昌城的重要——谁也绕不过去的重要！"朋友感慨道。

"是啊，"老赵把着篙，"不过，打打杀杀的，苦的是老百姓。以前人们撒网，还能网到湖底的铁锈箭头什么的。"

"这么大一座城，怎么会葬身湖底呢？"

老赵说，这得怪黄河。1000年，黄河在郓州一带大决口，洪水就像野马奔腾下来，须昌城里跑得快的撤到了附近的山冈上，跑不迭的就随着两千多年的古城一同湮灭了。考古队后来来了多次，说这老城就沉在湖下五米左右的淤泥里。他们还发现一条消失很久的旧河道和一座石桥，听说那石桥长一百多米，比赵州桥还早。那河道就是三隐三现的济水，它从须昌城西三里流过，被黄河占道入海……

漩涡越来越急，越来越快。我们的裤管已经湿透。恍惚有一种声音，从水底幽幽传来。经过一千年时光的氤氲，依然如黄钟大吕，震人心魄，使人垂叹。

繁华一朝化为烟云，雄伟的姿容瞬间变为乌有。

后来我查资料，看到从湖底提取到的一些瓷片、陶片和生活用品影像。只有它们，还在倾诉着往日的繁荣，诉说着沉沦的不甘。还有一些诗篇，记载着文人墨客对这座城池的喜爱，如韩愈的《郓州谿堂诗序》，高适的《鲁西至东平》，李商隐的《微雨》……

三

老赵奋力划着篙，我们终于渐渐摆脱了那些漩涡，耳边也安静下来。

远处隐约浮现几座小岛。朋友指着其中一座问："那是不是叫'聚义岛'？记得《水浒传》里说，晁盖、吴用、公孙胜他们智取生辰纲后，为了躲避官府缉拿，就到了梁山泊一个岛上起义……"

老赵赞许地点点头，说："你这丫头还懂不少哩！那就是聚义岛。晁盖死后，也是葬在那岛上。他生前特别喜欢梅花，人们就把'观音堂'改叫成了'藏梅寺'。"

想起北宋末年，朝廷是多么的腐败，对外献币乞和，对内大肆搜刮。百姓们终于不堪忍受，揭竿而起。一百零八将凭借水泊梁山纵横天下，所向披靡，令徽宗胆寒，官僚惧怕。他们攻河朔，打青州，下沂州，取淮阳，劫富济贫，除暴安民，好不快哉！打小生活在湖畔的《水浒传》作者施耐庵耳濡目染，自然地将满腔情感寄于文字，写下这千古流传的故事。

宋朝之后，黄河泥沙一次又一次淤积，梁山泊的水面越来越小，终于，东平湖成为梁山泊唯一的自然遗存区域。

"那梁山泊的水哗啦啦看不到边，宋江一共在那儿安插了四个水寨，既相互遥望，又相互照应。别说童贯、高俅带着军队来，就是皇帝老儿亲自来，好汉们也能将他们打得哭爹喊娘，一个不留！"一说起水浒故事，老赵的脸上总是泛着红光。"俺和那阮氏三雄一样，打小在湖边长大，俺玩过的他们也都玩过。到了宋代，说不定俺也是响当当一条好汉！"老赵笑起来，我们也不由笑了。

四

　　一条大鱼"扑通",在空中划一个巨大的圆弧,又闪入水中。水花溅起几丈来高。我和朋友看得呆了,疑心自己遇到了鱼精,这些年来,它在湖里修行,见我们来到它的领地,便跳出来与我们打个招呼。几只白鹭不停地飞舞、回旋,好像苏子梦里的白衣道士。

　　老赵轻轻转了一下篙,拐一个弯:"走,带你们到俺老家去瞅瞅!"

　　太阳升高了一些,光芒洒在水上,无数的碎银在抖动。风有一下没一下拂着人的身子,偶尔心血来潮,欻然掠过,耳边恍惚响起一声断喝:"来者何人?!"定下神来,才发现阮氏三雄、孙二娘他们并没有跟来。

　　在东平,时时会感到时光的迷离与空间的迷乱。

　　不知划了多久,眼前终于出现了一座蜗牛岛。老赵系好缆,跳上岸,我们也跟着跳上去。

　　岛真小,大树遮蔽着它,杂草缠绕着它,野花点缀着它。大约几天前下过一场雨,一棵树横在眼前,树身下窝着一汪泥泞。老赵迈过去,我们也小心翼翼地跨过去。一些蚰蜒、毛虫来回出没,蜜蜂嗡嗡地飞舞。左右辗转,看到树下窝着两间石屋,后面又是几间。屋子很敦实,石隙宽大,大约经过时间的风化,水泥都被剥脱了。屋顶的茅草也东秃一块西缺一点,也许是鸟儿啄踏所致。

　　"喏,这就是俺家!"老赵一指石屋。

　　我和朋友面面相觑。我知道她在想什么。我们又同时看看老赵,只见他瘦削的脸、瘦削的身材,只差要飘起来。湖上过来一阵风,我的脊背有些发凉。

　　老赵过去拍了拍门,灰尘簌簌落下,几只烟灰虫飞快地爬过。

"嘿,这就是俺家呀!"老赵又重复道,掩不住一阵激动。

见我们愣怔的表情,他嘴一咧:"嘿,俺小时候就在这里长大!俺爹娘是水上漂,见有这小岛就盖了两间石屋,后面是一户姓葛的人家。那时,俺天天摸鱼、捉虾。对了,屋西墙还挂着一只俺做的阿穆尔隼标本哩……"

"那为啥又离开呢?"我不解地问。小岛好似金庸故事里的桃花岛,悠然自得,独成天地。

老赵叹了口气:"你们听说过1958年那次大移民吧?"

我想起昨晚看的资料,说是1958年,国家为了根治黄河水患,决定修建东平湖水库。十几万库区人民为了大局,含泪告别生于斯老于斯的故土,三步一回头,踏上异乡的土地。有的投亲靠友,有的闯荡边疆,换来黄河下游百姓们的生命财产安全和湖水的安宁。

"就是这次大移民。"老赵这个汉子目光有点莹莹,"东平可是山东第一、全国第二的移民大县!俺们祖祖辈辈在湖里生、湖里长,谁能想到有一天会离开这湖呢?说实话,真的接受不了。不过,水患猛于虎,水害来的时候,跑都跑不迭,那些村庄啊良田啊,眼还没眨就毁了,俺亲眼见过!俺也能想象黄河下游那些百姓们的苦日子……"他脸上的皱纹似乎更深了。

我和朋友默然,眼前浮现出黄河奔腾喧天的场面。

"俺永远记得走的那天。天上飘着雨,俺和爹娘一人背一个包袱。俺才七岁,俺想带上那只阿穆尔隼标本,俺娘不让,说路太远。俺们在陕西有个远房亲戚,就是要到那里去。路上要多难受有多难受,只差讨饭了。去到陕西才知道,是住窑洞、编筐篮呢……"

老赵又叹了口气,望着远方。六十年的时光过去了,记忆依然如刀刻一般。

"听说有支歌谣——这里常年水汪汪,只长茅草不打粮,旱天到处飞蚂蚱，雨天遍地蹦蛤蟆，锅里煮的地瓜干，床上铺的烂席片——说的不就是东平的苦日子么？那干吗还回来呀！"朋友脆生生地说。

老赵眼一瞪，石子样的眼神投向我们："你们这丫头！俺这再不好，那也是家呀。这里不仅有水浒故事，还是俺们的根呢！俺宁愿老死在这里，俺爹娘也是！俺们在外天天想家，俺爹娘的头发都白了。1963年国家又对东平湖水库改建，有洪蓄洪、没洪生产，很多远走外乡的人又回来了，俺爹娘紧赶着也回来了……"

东平湖是个位置十分特殊的湖。梁山好汉之所以选择这里，除了它"港汊纵横数千条，四方周围八百里"，是个天然屏障，便于施展水军外，还因为它与其他山寨相互交通，联系颇为便利。它就像一个中心，无形吸引、拥抱着其他几条河流——黄河沿湖北岸东去，大汶河西泄入湖，小清河、宋金河滚滚注入，南北贯通的京杭大运河也穿湖而过。如今，它还是南水北调东线工程的一个输出口，长江的水通过梯级提升，流入比它高四十米的东平湖里，再流向华北平原。

我们看着那石屋，它仿佛一个特殊的符号，凝立在时光之中。我伸长脖子，望着窗户，想看看那只阿穆尔隼标本在不在。可目光所及，一片幽暗。

"嗨，走吧！"老赵似乎不愿再待下去。

我们也只好跟着他离开小岛，回到船上。

环湖看到一些漂亮的楼房。红顶白墙，气派十足。昨晚，就是它们流光溢彩，让整个夜空失去了颜色。老赵一指西南一片楼房："喏，现在，俺就住在那里！须昌城被淹了，在东南十五里新建了一座州城。今天的东平城，又是1982年从州城那迁来的。俺们可不像宋朝那些老百姓，日子过得火烧火燎的。俺们是赶在新时代哩！移民大军回归故土后，政府没有忘记俺们，实施了水库移民避险解困、黄河滩区迁建、易地扶贫搬迁几个大工程，竭尽全力来帮助俺们。谁能想到，俺们这些长年的水上漂，有一天还会住上'湖景房'哩！"老赵一笑，露出被烟熏黄的牙齿。

湖面飘着一些菱角，叶子绿绿的，小小的，尽情地舒展开去。一到秋季，那坚实可口的果实就会上市，满足人们渴望的味蕾。老赵自豪地说，他的儿子承包了几十亩水田，每年光卖菱角就这个数——他一捻手指。

"这些年，俺们是越来越明白了，湖在，俺们的好日子就在！现在，俺住的老湖区是全国著名的旅游胜地，新湖镇是远近闻名的'小龙虾之乡'，和它做邻居的商老庄乡呢，是谁都知道的'鱼米之乡'。这全托了湖的福啊！俺喜欢这湖，也希望越来越多的外地人都来看看这湖，听听水浒的故事，感受湖的好，湖的美。要不是这，俺这把年纪了，咋会给你俩丫头撑船哩？"老赵又笑起来。

"风动绿苹天上浪，鸟栖寒照月中乌。若非神物多灵迹，争得长年冬不枯。"抬头望去，东平湖像一块绿色的珍宝，镶嵌在鲁西南大地上。

旧时芳踪

奶奶睡着了,永远地睡着了。四月的阳光很是芬芳,照在她的脸上。风一吹,阳光似乎索索抖动几下,她脸上那块光斑也像一朵花儿,沉醉了。

我们守在奶奶身边。她再也不会点着我们的鼻子,用瘪瘪的嘴说:"小鬼!"奶奶生前又懒又馋,现在再也不会和我们争东西吃了。当然,隔壁的大奶奶果真输给了奶奶,因为奶奶总爱说:"王小月呀,她活不过我。"

一

我的奶奶叫刘芳芳,她还有个姐姐,不过联系很是疏落。我奶奶十六岁就嫁给了我爷爷,我爷爷在我出生前去世了,所以,我从不知道他的样子,我只能从墙上那盏走马灯苦苦追寻他的影子。

我奶奶说:"你爷爷呀,手可巧!他会做木匠活,村里那些大衣柜、桌子、椅子、杌子,几乎全是你爷爷打的。你爷爷打家具的时候,别提多精气了,榫卯没一点儿痕迹,刨花像雪浪一样哗哗流下来,一张家具打完,你爷爷就像站在雪堆里。"奶奶还说,"你爷爷呀,还会钉萝卜钱(过年檐下飘动的挂千),他自己在石蜡上刻图案,那些图案有的是

'八仙过海'，有的是'五谷丰登'，不知比别人家从集上买的好看多少倍！……"

奶奶将爷爷亲手做的那盏走马灯挂在墙角。每逢过年，便点上一支蜡烛。风吹过来，身上沁出阵阵寒意，但那火苗晕出的，却是一汪温暖。风在撒野，走马灯在摇晃，火苗在灼灼地颤抖，使人产生一种宽慰和感动，仿佛时光并未逝去，温暖的日子在眼前，也在将来。我踮起脚尖，伸出胳膊够走马灯。我手尖似乎流过了一股小小的电流。然而很快，我又缩回手，我的胳膊被奶奶一把扯住："小鬼头，一边儿去！"我摸了走马灯，奶奶恨我。谁摸走马灯，她恨谁。

我回头看着奶奶。她穿着绛色棉袄，黑绒裤子，脚上是小脚鞋。整个一旧式物种。她盯着我，浑浊的眼里有光闪来闪去，仿佛怕我再摸，扯着我的胳膊走进屋里。我一屁股坐到床上。

床很硬，我拉过褥子垫在下面。褥面的牡丹花早已褪色了，散发出头油的味道。我想起别人说的："你奶奶可懒啦，棉袄外边穿亮了反过来穿。"于是我跳起来，拍打拍打屁股，说过会儿再来。

我是和几个伙伴来拜年的。那时，奶奶还住在那间老屋里，自己还能动弹。我走了几步，一回头，奶奶还在那里瞅着我。

二

我们赵家一门正是奉明朝皇帝朱元璋的命令从山西大槐树移民到了山东。我们家谱最早可追溯到明代的赵信，赵信有两个儿子，后来，他们的后代又如河流一般不断分化，现在，一支在青州市里，另一支来到了弥河镇关庄。多少年里，爷爷和大爷爷两个人相亲相爱，共同扶持。两人娶了妻，又毗邻而居。不幸，大约上帝看兄弟俩的情分如此深厚，在大爷爷得肝癌去世后没几年，爷爷也得肝癌去世了。奶奶和大奶奶两人拉扯着自己的儿女过日子。

那应该是最为艰难的一段时光。奶奶照顾着三个儿子一个女儿。三个儿子年龄相差不太大，干瘦干瘦的，却长着三张吭江噬河的嘴，似乎一切都可成为食用的对象。奶奶一张饼还没烙完，连饼渣渣都不剩了。奶奶刚采来槐叶做菜团子，菜团子还没团好，一回头，几只小手早抢没了。不仅如此，衣裳也很缺，老大穿了给老二，到三叔那里，身上就挂了一些布条条，比叫花子的好不了多少。三个儿子头大，身子小，唯有兰兰，虽身处贫瘠，却生出月季花般的美貌。时光倥偬，三个儿子陆陆续续娶了妻，找的都是"门当户对"的女儿家。奶奶满心指望着兰兰嫁给一个吃"公家粮"的，好让自己挺起胸膛走路。

三

我妈在镇上罐头厂做工，经常把我扔奶奶家让她照看我，我不喜欢在奶奶家，可妈妈把我往门里一塞就跑了。

我不想自己也受伤。这也是奶奶之所以被别人说"懒"的原因之一。奶奶说，古代的小姐，名字都有个"芝"呀"芳"的，"我名字里有两个'芳'，天可怜见，我怎么落在了这镇子里，又跟着你爷爷到了村里，生养了你们一大窝"。她这么一说，我就有些不高兴，叫"芳"的多着呢，我两个小伙伴就叫"芳"，我一个老师名字里也有个"芳"。奶奶又说："可惜了，我这古代小姐的名字。我没有那么好运气，全是被你们拖累的。"就这样，奶奶每日里养养鸡鸭，浇浇花草，有时也缝缝补补。她不愿意看我们小孩子。

一次，三婶有事情，把五岁的栓子交给奶奶带。奶奶和几个老太太在地头磕着烟袋、嗑着口水话，栓子在收割了玉米的地里扑蚂蚱。一只绿油油的蚂蚱飞到他面前，他朝前一跳，坐在一根玉米茬子上。他

"嗷"地哭起来。奶奶还在抽着烟谈笑风生。过了很久,她才似乎听到栓子的哭声,颤巍巍走过去。栓子的"小鸡鸡"被扎破了,送到医院缝了五针。三婶此后便不再把栓子交给奶奶。栓子不在奶奶身边,大爷家的坤也不在。坤忙着上学,他有一大帮狐朋狗友。

我百般不情愿地靠到奶奶床上。朝阳还没出来,奶奶在生火炉。她点燃一些玉米绢子戳进炉膛里,又往里塞上几根玉米棒骨。一股烟浓浓地生发出来,我使劲咳嗽几声。奶奶回头看看我,继续她的动作。

这个火炉是铁皮做的,很是吃火煤。它吃下一堆又一堆,火却总不明亮。奶奶似乎生气了,盖上盖板。谁知,火似乎深谙奶奶的想法,在底下拱动着,拱动着,突然,鲜亮地腾起来。与此同时,朝阳也从东方树丛里浮上来了,洒下一缕缕光辉。烟气粘在阳光上,阳光似乎毛茸茸的,奶奶青灰色的后背也毛茸茸的。"我饿。"我对奶奶说。奶奶又回头看我一眼,骂一句:"死妮子。"

奶奶坐上锅,开始给我下面条。她掀开一个竹篮盖子,小心地捧出一把面条,放手里看了看,坐到火前。她一句话也不说,就看着火。我也看着火。我看到火中现出小姑鲜嫩的脸,小姑从背后掏出一把瓜子塞我手心,说:"吃!"奶奶不给我瓜子。奶奶寡淡多了。奶奶限制了兰兰小姑后,我的让人垂涎的吃食就断了。我恨奶奶。兰兰到三十里外的黄楼镇相亲去了。她住在一个亲戚家。那个村里有一个瘸腿的但挺富有的张小壮,她要按奶奶和亲戚的意思让张小壮相相她,最好两家能结亲。兰兰在火中看了我一会儿,脸色黯淡了、黯淡了,终于,我看不到她了。水开了,咕嘟咕嘟的。奶奶将面条投进去,面条仿佛受了伤,身子一缩,再一缩,抱住自己的头,自己的脚。奶奶用筷子撑开了它们。

奶奶后背毛茸茸的光移到了一边,我从床上出溜下来。奶奶将面条缠在筷头上尝了尝,又往锅里加了一点儿水。

我吃着面条，呼噜呼噜的。奶奶也端着一个缺口大碗。奶奶抬起头看看我，皱皱眉："慢点吃，噎不死的小东西！"我不听，继续呼噜呼噜的。

　　吃完面条，奶奶洁了面，便用那把缺了齿的木梳子梳头。我真搞不懂奶奶的头发怎么这么长，又这么少。奶奶将头发拢在左手里，用梳子从头顶一下、又一下地梳下去。头上的灰尘似乎跳跃起来，在屋子里清晰可见。我捏住鼻子。而奶奶还在沉醉地梳着，梳着。她似一尊坐像。我说："奶奶。""嗯？"奶奶没有回头，继续着手里的动作。"奶奶，你把头发都梳没了！"我说。奶奶还是没有回头，只骂了一句："小鬼头！"随后轻轻地叹口气。

　　奶奶有一只银簪子。她十分宝贝这只银簪子。和那盏走马灯一样，她不允许我摸，我一摸，手就要挨敲。奶奶把头发绾起来，插上那支银簪子，命令我坐下。我看看黑油油的木梳子，不想坐。奶奶又说了一句，把我摁倒在凳子上："古代的闺女，哪个不梳头的？"说着，她抓起我的头发。我一阵疼，肩膀扭动几下。奶奶的手放轻了。她梳着我的头发。我感觉梳子齿一点一点吃进头皮里，麻酥酥的。奶奶从上梳到下，从左梳到右。我的扭动彻底停止了。妈妈很少给我梳头，她总是随便给我扎一个小髽髽，麻雀尾巴那样的。我一走动，小髽髽更像麻雀尾巴了。我闭上眼睛。奶奶将我的头发分成两半，两只手在左边的一半动作起来，她在编辫子。她很快在辫梢套上了皮筋。接着，她又开始编另一半。奶奶命令我转过身来，来回看看，又拿梳子在我耳根那里轻轻拉下一点发丝，说："古代的小姐，这里都有发丝的。"

　　我对着那面小镜子龇牙咧嘴。奶奶早已不顾我了，她坐到床上，拿出针线缝补一件衣裳。

　　奶奶的嘴巴好似一个洞，洞里飞出一些我听不太懂的话："你爷爷好……采药……我做窝头……摔得厉害，腿要断了……"奶奶的手放在膝上，目光呆呆的，像一双粘在玉米叶上的蚜虫，"做木匠……这家那家的……肝癌……疼得打滚儿……"忽然，奶奶捂住眼睛，下巴一缩，整个人似乎矮了一截。我惊讶地望着奶奶，她的肩膀也耸起来了，像两道起伏不止的波浪。屋子里十分安静，一根针落地的声音都能听到。我不敢说话。奶奶就那么坐着，坐着，耸动了一会儿，突然，她的肩膀一出溜，放下手，恍惚才看到我似的，骂道："死妮子！"

奶奶她动不动就骂我，我别过头，从口袋掏出一根橡皮筋套手上，顾自玩起来。

四

三个儿子陆陆续续娶了妻，奶奶的日子就不像从前那么好过啦。以前，她是家里的"佛爷"，她骂谁，谁都得躬起身，竖着耳朵，还不准回嘴。先是大爷娶了霍家庄的霍桂英。接着，我爸娶了我妈。又过了几年，我三叔娶了本村的穆梅梅。我大爷身材干瘦，三根筋挑着一个头，说话细嘤嘤的，仿佛投错了胎。好在他的面相俊朗，穿上一身好衣裳，也挺像个人物。我大娘尖下巴颏，额头很高，小时候得过天花，脸上有一些疏疏落落的麻点，那坑坑洼洼的麻点就像她的怪脾气。不久，我奶奶就尝到了被"忤逆"的滋味。

我奶奶叫大娘去村西王老芯家借鞋样子，过好几天了，也没拿到。于是，我奶奶跑到后街那两间瓦房里找我大娘。我大娘正在扫院子。她十分爱干净，扫了一遍又一遍，院子像拿肥皂水刷过的。她还在月台摆上了美人蕉、月季花，在小院西边种了一些葱韭之类。她见我奶奶来，笑眯眯地递上一个小板凳。我奶奶屁股没沾凳子，问："鞋样子呢？"我大娘继续弓下身，一下一下扫着院子，淡淡地说："自己去呗，再说，我的事儿也多得很。"我奶奶愣了一下。她望着挥动的扫帚，帚头尖尖的，似乎戳在她的心上。她转过身，打算去屋里找我大爷。我大娘直起身说："我男人下地去了。"

后来，这样的事又发生过几次，我奶奶终于明白，大娘是不肯听她使唤的。她说："看那一脸麻子，当初怎么为大江娶了她？"

当然，这些我都是听我妈说的。我已经上了小学，有的是自己的时光。我奶奶对着村里人说我大娘的不是。我大娘也散布我奶奶的不是。于是，一老一少的两个女人成了冤家。

我妈读过书，要不是那场革命，她指定不会窝在村旮旯里。我不懂那场"革命"是什么，但我妈没事就爱看书，说话总是有理有据的。她不愿管家里的闲事，每天在罐头厂做工，偶尔，会从厂里拿一两个罐头回来。

我三婶的娘家和奶奶家没几步相隔。那个时候，我奶奶实在太穷，是我三婶看上了我三叔，主动嫁给了三叔。照这样说，是照顾"困难户"。我三叔有好几个小舅子，他一和我三婶怄气，几个小舅子就会叫他难过。所以，我三婶也不怕奶奶。

我奶奶只好对我们这些孩子撒火。她嫌我们不懂事，我们把泥巴甩到大门上，大门像长了一个个窟窿；我们爬上那棵大槐树，往下扔槐花，就不肯扔到奶奶的箩筐里；我们四处追赶鸡鸭，吓得它们都不下蛋了。我也不肯再像以前那样，坐在墩子上，让奶奶为我扎小辫儿。我觉得小辫儿最土。我用一根橡皮筋高高地绑起头发，像古代侠士那样。我奶奶啐了一口，咒我以后嫁不出去。

奶奶的嘴就是这样欠，她的烟抽得也越来越凶。闲时，她到街上和婆子们唠嗑。那些婆子，几乎没有不抽烟的。她们有一个规矩，就是每天向别人递递烟卷，自己不白抽别人的。我奶奶卷了烟，只顾自己吧嗒吧嗒。那些婆子们说，从没尝过我奶奶的烟卷啥滋味。于是，我奶奶抠门的名声日渐大起来。

我奶奶还单独住在那几间老屋里。屋子里黑黑的，阳光穿过碎了的玻璃，似乎也被切成一块块，不愿意普照这屋子。屋里头油的气味似乎更大了。只有兰兰，还睡在西厢房。张小壮没有相上她，嫌奶奶家穷。兰兰备受打击，她躲在厢房里不肯出来。后来，兰兰到二十里外的青州市做工去了。

　　我奶奶的屋子这时看起来更空了。灰尘簌簌地起舞。那盏走马灯，依然挂在墙角，不过蒙了一层薄薄的灰。

　　有一次，我奶奶去赶集，碰到大奶奶也去集市。路那么窄，两个人一前一后，谁也不理谁。村里的人说，兰兰丢大脸了。大奶奶穿着件蓝底花上衣，灰色腈纶裤，挎着一个篮子。她说要买几斤牛肉，给媳妇补补身子。她抖搂一下裉子，说多好的媳妇呀，面俊，心又好，瞧这衣服，就是她买。我奶奶没听见似的，只顾朝前走。她蹭过跟人说话的大奶奶，像根柱子，往前杵去。大奶奶差点被绊倒。跟她说话的那人努努嘴，摇摇头。

　　我奶奶没法不听村里人的言语，她的耳朵又没聋。她的鼻孔昂着，一支接一支地抽着烟，一个个幽蓝的烟圈从鼻孔里散出来，不见了。忽地，我奶奶鼻子哼了一声，冒出一句话："我刘芳芳，可是有仨儿子的。她王小月呢，一个，嘿，才一个！"

五

　　这一年的夏季，天像漏了，一个劲地下大雨。我们村从没下过这么大的雨。老人们说，把二十年的雨都给下光了，龙王一定是喝醉了。

　　雨瓢泼地淋下来，可喜坏了我们孩子。院子里洼了一个小湖，我叠了小船放上去；我和同学蹚着水走，感觉一股力量越过我们脚面，我们摇摇晃晃，似乎在一个幻境里。雨后的夏季，总能捉到知了猴，雨水冲垮了它们费心构建的家，小指头轻轻一勾，它们就会爬上来。

可是，奶奶的屋子淹坏了。那几间老朽的房子被雨水打了个稀里哗啦。山墙倒了，屋顶"啪啦啪啦"地漏水，淋在奶奶那张床上。被子也渗了水。

几个兄弟商量，不再给奶奶盖房子，让奶奶像村里其他老人那样，一家住一年。按年龄，当然应该先从大爷家轮起了。可大娘腰一叉说，他们的屋子太小，磊长大了，腿都伸不开，何况，又生了兵兵这个儿子。大娘说的是实情，她在生儿育女上很争气，一口气给奶奶生了两个孙子。但奶奶努努嘴，孙子占据了她的地方，让她难以下脚。奶奶摇着头。我爸说："先从我家轮吧。"这样，兄弟几个抬着我奶奶的床和一个黑乎乎的箱子进了我们家。

我爸妈把奶奶安顿在南屋里，那是两间新盖的平房。奶奶的床放到西边，那个黑乎乎的箱子坐在地上。

奶奶的床还是那一张，腿脚开裂了，原先大红的色彩褪去，有的地方微微泛着白。与众不同的是床的靠头，刻着一些繁杂的图案，是些并蒂莲。我奶奶说，这是爷爷的手笔。

那盏走马灯，奶奶让爸爸在墙上钉了个钉子挂上去。它不再燃蜡烛，不再有光的温暖，纯粹变成了一个装饰。

我使劲地瞅着那坐在地上的黑箱子，想知道里面到底有什么。可有一把锁，牢牢封住了它。我知道，里面一定有奶奶常穿的衣裳、常用的被褥，但也说不准，最底下藏着什么。

妈妈把每家约定的粮食装在一个麻袋里，放到南屋。奶奶不再去赶集，需要什么，就让妈妈捎。妈妈会将她的粮食换成钱，揣在手里。

奶奶经常拿着蒲扇坐在院子里。风很轻，天很蓝，几朵云缓缓地飘过来，飘过去。奶奶的扇子一摇一晃的，头发也跟着一摇一晃的。那些发丝几乎全白了，也稀疏了，像阴处的雪。奶奶轻轻地叹口气。

太阳是不紧不慢的，影子渐渐地朝东移动，像长了脚。奶奶的叹息似乎也成了薄薄的黑色。奶奶消磨了会儿，忽然腰一挺，扇子使劲一挥，邻家那只花猫从墙头一跃而下，又跳回自家。一天里，那只猫总要在墙头耍好几次。它坐墙头上，看着奶奶，奶奶也看着它。那只猫并不很怕奶奶，有时对奶奶的恐吓全无惧意，依旧坐在那里，像个老成的将军，呲着一口虎牙，眯缝着眼。奶奶从地上捡起几块土坷垃，倏地往墙头一扔。猫弹丸般逃开了。

奶奶喜欢喝玉米粥。她的喉咙粗，让妈妈磨的玉米面也粗。她让我喝，我不愿喝。奶奶有时也蒸馍。那些馍，一个个总不圆，有的是椭圆，有的是奇形怪状。我一口气能吃上两个，我从没吃过这种形状的馍。

我已上了初中。午休的时候，我缠着奶奶讲故事。奶奶手里捏弄着一根麦秸，边悠悠地说："从前呀，有个人死了，被封在棺材里。亲戚们都为他守夜。这天晚上，四处静悄悄的，连虫子也不叫了，守夜的人也一个个睡着了。只有一个小孩子，还迷瞪着眼。忽然，这个小孩子大声叫喊起来——他听到一阵奇怪的响动，越来越响，他揉揉眼，哎呀，那棺材竟然立起来了！……"我没有听完，撒腿就跑。我的眼前闪着立起的棺材，还有那黑森森的夜晚。我的身后传来哈哈的笑声。

又一天，我对奶奶说，讲个好听点的。奶奶说："在以前的益都市里，有一位小姐，他们家开着个旅店。那小姐每天绣绣花，养养草的，好生清冷。这天，店里来了一个白白净净的书生，小姐好生喜欢呀……那小姐的名字里，也有一个'芳'字……"我没有听完，又撒腿便跑。我觉得，奶奶的牙掉了一颗，又一颗，嘴也瘪起来，她的故事，也越来越没有趣味了。

六

转眼已是腊月。天冷得像冰棍,早上起床,窗花严严实实地覆盖住窗户,我们都像住在冰屋里。我穿了最暖和的棉袄、棉裤和棉鞋,可手还是冻了。

可天一冷,意味着年就来了。我们都欢迎年的到来。传说中,它是一只怪兽,可是,只要它来,我们就又大了一岁,成熟了一岁,大人再也不会喊我们"小鬼头"了。

奶奶在收集糖纸。她收了一把,又一把,将它们抻平,手指捏弄一会儿,一朵花就出来了。奶奶又找来些木棍,包上彩条,将花朵粘上去。五颜六色的花儿插在瓶子里,煞是好看。之后,奶奶开始剪纸。乡下人家,逢年过节,总要剪点什么贴窗子上。奶奶的手工与蒸馍的手艺恰好相反,手指弯弯绕绕的,一条龙或凤就活灵活现了。但更多的,奶奶剪的是海棠花、栀子花、玫瑰花……在她看来,花儿也是古代小姐的"标配"。

剪着剪着,蓦地,奶奶抬起头来。雪花中,走进一个人。那人留着波浪发卷,眉毛黑长黑长,嘴巴红红的,穿着一件橙色大衣,直筒裤,脚上是一双光溜溜的靴子。这不是我兰兰小姑吗?我跳起来。小姑一把拥住我。妈妈也从厢房出来了,说了声"哟"。

小姑说,她在青州市里一个理发店工作,年前回来瞅瞅。她从包里掏出一些巧克力,又拿出一条红底洒金的丝巾给了妈妈,买了一件呢子外套给奶奶。我抢过外套披自己身上,妈妈批评我。

我喜欢小姑,我喜欢她在理发店工作。她洋气多了,将来,我也要像她这么洋气。

兰兰小姑没有在家过年,腊月二十九,她又背着包回城里了,说有个朋友在等她。

七

奶奶该搬到我大爷家去了，可她不想去，我大娘估计也不想让她去。不过，如果奶奶不去，大娘就会被村里人冠上"不孝媳妇"的名声。我大爷大娘在墙根用预制板搭了个简易棚子，棚子小小的，刚能容下奶奶的床和衣柜。

尽管大娘精打细算，她家还是很穷。大爷在一个建筑队干活，在一个村干完活计，就转到另一个村。他永远拉着小推车，和和水泥，递递砖块，上檩条那样的大活从来找不上他。大娘接连生了两个小子，一想起将来要给他们盖两栋房娶媳妇，心里就有些犯愁。

兵兵五岁，大娘看着他。有时，她会拉着兵兵在东树林那里转来转去。林子尽头是村人堆积垃圾的场所，她会从那里拣出一个个塑料袋、纸箱子、碎瓷碗之类。大娘把这些东西堆到院子一角，攒得多了，便拉去废品站换几个钱。

困顿让大娘分外节约，给奶奶的粮食就经常缺斤少两。三兄弟每次给奶奶粮食的时候，都要找一杆大秤，袋子一落，斤两就一清二楚了。三叔和我爸瞅着我大爷，我大爷耷着脸，低着头，我大娘装作没事人似的。后来，斤两越发少起来，索性渐渐不给了。

我奶奶问大娘要，大娘说奶奶白住着她家的房子，她拉过兵兵说："瞧瞧你孙子，吃的抵不上你一半多！"我奶奶气呼呼的，转身回到屋里。

奶奶的背越来越弯了，那些支撑她笑傲尘世的筋骨，此刻疲软软地塌下去，成了一座拱桥。她的皱纹也多起来。

奶奶又提着板凳到街头，和婆子们唠嗑。婆子们几乎都与自家媳妇有点龃龉的，往往七嘴八舌。我奶奶在她们的鼓动下，越发成了个抠门奶奶。

一次，兵兵跑到奶奶屋里，奶奶倏地往被子里掖什么东西。可兵兵早都看到了。他爬上床，用小手使劲掰奶奶的手。奶奶牢牢把住。祖孙俩就在那里做一场力的较量。后来，奶奶手一松，兵兵立刻抢出半块桃酥。我大娘来喊兵兵，一看这样子，就知道婆婆又藏好东西了。

于是，我奶奶"嘴馋"的名声也出来了。谁都知道我们的奶奶和小辈抢吃的，而不像其他婆子，主动分给晚辈吃。

别人越说我奶奶，她越抠起来。蒸馍蒸花糕，她只够自己吃的。兵兵进她的屋子，看到的永远是一只光光的盘子和一只缺口大碗。后来，兵兵便不再去了，他觉得奶奶的屋子是只跑了气的气球，没啥好玩的。

那些粮食，奶奶锁到那个大箱子里。无人的时候，奶奶会打开来，抓起一把，看着，看着，在鼻子上使劲嗅嗅。

奶奶和大娘的矛盾越来越深。"人穷志短"，两个贫穷的女人没事就斗斗嘴皮子，这似乎成为如水生活的一种调剂。大娘捂着鼻子，嫌奶奶脏，衣裳三年不洗一回；奶奶则指指墙角堆的那些破烂，说："胡说，那味道是这里、这里。"

八

然而，奶奶的喜事还是有的，先是我考上了高中，在全村考上高中的，只有我和前街的小玉。

我奶奶对别人说："自小，我就看出这丫头不一样，你们信不？"

她全然忘了她骂我臭妮子，说我一辈子要待在这村窝窝里，还说我这豆芽似的身板，一看就是一辈子老挨欺的样儿……

奶奶笑呵呵地和别人唠嗑，说俺红红，打小就聪明，才几岁哪，天热得像闷笼,她就跳进水筲里,怎么拉都拉不出来;又说俺红红,都会跟兔子对话哩,她一叫兔子,兔子就颠颠地跑过来;还说俺红红考上大学,我老婆子一点儿也不意外,她要考不上,谁能考上哩?……奶奶说这些话的时候,树叶子在风中哗啦啦地翻舞,一只毛辣子落到她的背上,她浑然不觉。就这样,我奶奶成功地让"红红"这名字成为一村人耳里的叮咛。有人笑着说:"红红呀,你这大学问家,好好干,将来也把咱捎出去!"还有几个婆子嬉笑地指着我:"红红,将来找个对象,肯定也是个'不一样'的主儿哩,对不?"羞得我只好溜着墙根走。

另一件事,是我小姑兰兰居然找了一个"城里人"。

奶奶这一辈子,似乎永远不满足,不是和这个比,就是和那个比,在她攀比的对象中,"首当其冲"也是她最在意的是大奶奶王小月。大奶奶的几个子女算有出息的,一个女婿在青州市政府工作,每天坐办公室里,一个女婿承包了两个花棚,钞票源源地往手里来。儿子顺子,这几年在镇上做二手铲车生意,听说也发了财。

那天,一辆嘉陵摩托"噌"地停在三婶家门口——奶奶这时已住在三婶家了。三婶家没几步是大街,一些人聚在那里打扑克。他们看到,一个戴墨镜、一身侉侉装束的中年男人和一个大波浪头、穿着皮粉色连衣裙的摩登女人下了车,手里拎着大兜小兜,笑吟吟地进了三婶家。

那些人立刻炸开了锅,有人一眼认出那摩登女子是我兰兰小姑,那么那帅气的男人呢?他们的眼睛像拐着弯,一个劲儿往大门里头瞅。我奶奶和三婶早已迎出屋子,我和栓子也蹦蹦跳跳地挤进屋里。

兰兰在城里理发,手艺好,一来二去,成了店里的首席理发师。在常去理发的人中,有一个老王,他刚离婚不久,有个六岁的儿子。没事的时候,他便去店里坐。他端着一杯茶,边啜着,边看兰兰的手燕子一般上下翻飞,不一会儿,把座上的那人收拾得精神抖擞,光鲜帅气。后来,他就成功地和兰兰交起了朋友。我小姑终于考虑起自己的终身大事来，似乎这几年的等待，都是为了等老王这个人。

九

小姑要出嫁了，小姑坚持坐花轿出嫁。她之所以这么想，也许是因为坐花轿是自古女子们嫁人的正经方式。花轿要从我们村，一路穿过刘家村、霍家村、小张村，之后到一条马路，离老王的家大约二十里路。

小姑出嫁可忙坏了奶奶。她叫我爸去租了一抬四人抬的大轿子。轿子通身大红，四壁贴着金闪闪的"囍"字，周围盘龙附凤，檐下缀着一些繁复的流苏。这样一抬花轿租金不菲，但奶奶坚持三兄弟分摊，说兰兰可是他们唯一的妹妹，兰兰一出嫁，便是了了一桩她最重的心事。这些年来，她一想起兰兰就叹气，似乎她是一根鱼刺，梗在喉头上，吐不出来，也咽不下去，总没个合适的角落，这下好了，她刘芳芳要昂起头，大声对村里人讲，她的幺女儿，终于有了一个最好的归宿。她对老王离过婚、比兰兰大七岁的事全不在乎，古代那些男人家，哪个找的媳妇不是小的呢，就连她刘芳芳，也比我爷爷小好几岁。

奶奶邀了村里几个手艺好的婆子，在三婶家的院子里铺上油纸，给兰兰缝被子。我们这里嫁女有个习俗，就是一定要给闺女缝上几床厚实实的被子，象征一世的温暖和好日子。棉花是新疆产的，被面要么是鸳鸯戏水，要么是缠枝牡丹，都是老王给奶奶钱买的。老王很大方，对我们这些亲戚也挺大方，每次来都不停地散烟，请大家吃有百年名号的"隆盛"牌点心。

出嫁那天，兰兰去镇上请最好的化妆师化了最漂亮的妆，好似一个天仙。她盖上红盖头，笑吟吟地坐进轿里。几个劳力"嘿哟"一声，轿子颤悠悠行走在大地上。乐队在前头欢快地吹着唢呐，鸟儿也停止了欢叫，似乎自愧弗如。

场面如此盛大，村里的人都出来观望。有人将手搭在眼帘，有的细眯起眼，有的指指点点。奶奶靠在门框上，手搭在前额，一动不动，轿子过去好久了，她才累了似的放下手。那双眼像一对兔子眼了，她的鼻子抽了一下，又一下。末了，奶奶窝一窝嘴巴，那黑乎乎的洞口堵上了。

奶奶深恨王小月没有在跟前。王小月瘫痪了，一天她给孙子捉气球，脚一跐，忽地歪在地上，说不出话来。从此，她就躺在了床上。

十

上大学后，我便很少回家了，顶多与家里通通电话，写写信。

听说奶奶还是过着以前的日子，只是眼睛更浑浊了，看东西总要眯着，跟她说话，老半天认不出是谁；背也更驼了，手和脚就像压在一座山下。她依然一家轮一年，逢到大娘家，她便去兰兰那待上一阵子。

寒假，我买了几提点心和藕粉回家，送给奶奶。她正在擀皮，面前放着一些韭菜馅子。她笑着接过点心和藕粉，放到桌上。一会儿，栓子的孩子走进来了，奶奶挑出几块桃酥给了他。小家伙美美地吃着，奶声奶气地叫了一声"太奶奶"，奶奶没牙的嘴咧到了耳根。

栓子和坤成绩不好，早就辍学在镇上打工，两个人早婚，又早早生了孩子；兵兵已经十六岁，到潍坊学机床去了。奶奶依然说，我红红是最最有出息的。我考上大学那年，她又一次让我的大名在全村上下传扬了好久。

面皮擀得超大，个个像向日葵盘子，夹的馅也多。奶奶说以前没什么好吃的，还挨过饿，只好扒树皮吃。咽进肚子里，好像塞了一块块小木头，几天拉不出来，肚子鼓胀得像皮球……她说着说着，落下几滴老泪。我叫了声"奶奶"，她似乎猛然醒过来，用衣襟抹抹眼睛，手上的面粉也粘到了衣服上。

奶奶让我吃水饺，咬了一口，差点没让我吐出来。每只都像在盐水里浸了个够，就差当咸菜吃了。我忽然有点心酸，再看奶奶，她的头发早已没剩多少了，老年斑像粒粒豌豆，撒满了整个面庞。

过年，我去给大奶奶拜年。大奶奶住在顺子家。人乌泱乌泱的，很拥挤。大奶奶八十多了，躺在一角的床上。她已几年起不来床，蜷在那里，像半截黑木桩。我走过去，喊了声"大奶奶"。她抬起上身，蛇一样昂着头，揉揉眼，大声问："是红红呀？"我凑到她近前，她的嘴一瘪一瘪的。她拉住我的手，又大声喊："红红呀，你在城里，我想拜托你一件事呀——啥时候帮我买双小脚鞋？"

我退后几步，看看大奶奶。她一定是老糊涂了，她还要小脚鞋有啥用呢？余生，她注定躺床上了！不过，我还是点了点头。

回到省城，我去几个小商品市场转了几圈，都没找到卖小脚鞋的。这封建的物什，早已被时代的滚滚大潮所吞没，连同穿它们的人。

后来，我便将这事儿彻底忘了，直到一天，我又看到了奶奶。

奶奶正在往炉子里填炭。泥和的炭并不纯净，她一阵咳嗽。贴墙的报纸也黄了，有一张，还是1998年的。

我笑着对奶奶说："大奶奶好糊涂，居然让我帮她买小脚鞋。"

奶奶停下手里的动作，望着火炉。炉火一突一突的，正在热烈地燃烧。奶奶往衣襟上抹一抹手，慢吞吞地走到那个黑箱子前。她打开，将一床有些发黄的被子抱出来，将衣服抱出来。最底下躺着的，是两双崭新的小脚鞋。它们像四只小小的船儿，齐刷刷地搁在港口。鞋面是黑亮的丝绒，针脚工整。每一只都垫着鞋垫，垫子华丽，绣着一些花蔓。奶奶叹口气，拿出两只，放在手心，来回看了看，又在心口贴了一会儿，把它们交给我："去，给她，就说你买的。"

十一

转眼又是一个黄叶飘飘的秋季，爸爸在电话里朝我抱怨："你奶奶，简直痴了！一到半夜，就砰砰地砸门，嚷身上疼。我睡得囫囫囵囵的，一下就被惊醒了。我飞快地穿上衣服去看，她哪里疼，明明在笑哩。"

一天，爸爸又说："你奶奶呀，简直成个小孩子了，多大年纪了，还换着花样穿衣服。不仅如此，还叫我去集上给她扯花布。你说说，八十好几了，兰兰给她买的衣裳还不够多?!"

回到家，奶奶冲我嚷，让我快把门封上，把窗户封上……她说风是只老虎呀，要钻进屋子里，把她吃掉。又用被子遮住胸膛说："我最近老梦到你爷爷呀，这个糟老头子，拿着那把鱼尺和锯子在不停冲我招手哩……"说着，晃晃肩膀。我问她："奶奶我是谁？"奶奶说："你是栓子，不对，你是红红?!"说完一捏我的腮帮子。

大奶奶前几个月去世了，奶奶没有参加她的葬礼。之前奶奶爱说："王小月呀，她活不过我。"果真，大奶奶没有争得最后一口气。

奶奶后来连我也一点儿不认识了，她用手抓饭，粘得满襟都是饭粒子……

一个没有星月的晚上，奶奶终于停止了呼吸。她没像往常，砰砰地砸门，大呼小叫找我爸爸。爸爸这次一觉睡到了天亮，他觉得这辈子都没睡过这么舒心的觉。妈妈做好饭，端给奶奶，一打开南屋的门，她就嗅出一股不一样的气息。奶奶穿着一件簇新的红棉袄，灰格裤子，脚上套着那双崭新的小脚鞋，躺在床上，紧紧闭着眼睛。

奶奶去了，永远地去了。

我们给奶奶办了葬礼。葬礼很隆重，坟头堆得高高的，上面压着一些黄表纸。在坟前，我们放了大大小小十几个花圈，又点了一些纸牛、纸马、纸元宝和一栋高高的"别墅"。最后，我们又给奶奶燃了一对"丫环"，免得她在下面无人使唤。

奶奶就埋在老赵家的祖坟地里，离大奶奶的坟不远。

烟袅袅地飘着，飘向蛋青色的天空。几只老鸹"呀呀"两声，钻进林子里。一阵风吹来，林子窸窸窣窣的，恍惚听到枝干拔节的声响。

我没有回头看奶奶，我知道，在地下，奶奶也不会寂寞的。

悠悠大宋

一个朝代，就像一个人，从红日初升的婴孩，到如日中天的青壮年，到晚霞满天的迟暮，最终落日西沉趋向灭亡。一个朝代的气质，也像一个人的气质，那么，最典雅风致的，便是宋朝了。

且不说赵匡胤千里送京娘的豪迈，也不说真宗飞白徽宗瘦金，单那明丽婉约的宋词，就足以让明月含羞、花容失色，中国漫长而丰厚的历史上，宋朝，当是最耀目的一个点。

可惜，我与它错过了七百多年。宋经历了三百余年，足够一个人在它美丽的土地上活三生三世了。而我，却只能翻看它的陈迹，感悟它遗留的精神，走上那条象征性的御道而喟叹不止。

这样优异的朝代，势必让人怀念。开封为了纪念鼎华之世，建造了清明上河园，完全依张择端《清明上河图》而筑，只是比例有所缩小。走上虹桥，看碧波粼粼，柳絮绵绵飘落，想起柳永的"今宵酒醒何处？杨柳岸，晓风残月"。看一叶小舟默默西行，一钩弯月悬于檐角，想起张先的"心似双丝网，中有千千结。夜过也，东方未白凝残月"。杂耍、小吃、秋千架……众多的民俗风一般向你涌来，在这个温煦的春日。你可以想见当时大宋朝的富足与安逸。中外一些历史学家的研究认为，在两宋统治的三百多年中，中国经济、文化的发展，居世界前列。而根据英国著名经济史学家麦迪逊的测算，按 1990 年美元基准，1000 年时，宋朝GDP总量为265.5亿美元，占到了世界经济总量的22.7%，人均GDP 450~600美元，超过西欧当时的人均422美元。由此，人们才有"月上柳梢头，人约黄昏后"的闲情逸致，也才有"老幼扶携收麦社，乌鸢翔舞赛神村。道逢醉叟卧黄昏"的坦然舒适。

你问：是否愿平和安逸度过一生？不，人生只有一次，我要的人生，当如大海跌宕起伏，既有波澜壮阔的奔涌，也有小桥流水的潺湲。宋朝便是这样一个朝代。它走过了富裕和雅的高潮，也必会迎来"四十年来家国，三千里地山河"的哀叹。只是这哀叹因了宋人的铮铮铁骨，反而变得气壮山河、浩气冲天。那是穆桂英"八百里分麾下炙，五十弦翻塞外声，沙场秋点兵"的豪迈，也是"壮志饥餐胡虏肉，笑谈渴饮匈奴血"的誓言。澶渊之盟、隆兴和议的屈辱激发了中华男儿的斗志，此时的宋朝，显示出傲骨凛凛的男人气概，收复建康、长驱伊洛、兵进蔡州、规复中原，以至于金兵发出"撼山易，撼岳家军难"的感喟。要不是糊涂的赵构、秦桧耽于享受声色之娱（事实上，北宋的重文轻武早已让人们放松了边患的警弦），南宋将一统中原，也不会留下让陆游梦里跨铁马渡冰河的极度渴望，以及"王师北定中原日，家祭无忘告乃翁"的忧伤遗言。

一个朝代的风骨，深深地体现于人臣仕子身上。宋朝出现了中国历史上著名的治世能臣。范仲淹、寇准、文彦博、吕蒙正、欧阳修、苏轼、王安石、司马光、包拯、韩琦……仿佛雨后春笋，大宋在培育着一位位襟怀天下而文辞卓群的贤士。"先天下之忧而忧，后天下之乐而乐"，被自觉应用于治国理天下之中，故而历史学家评价宋朝"政治开明廉洁"。虽亦有元祐党人之争，起因却是为了国家利益。实现国富民强的良好愿望被大步流星的疾行所替代，乃至被蔡京、吕惠卿之流利用。然真正的忠良，政治被挤成一线天，不容侧身，下马则是千古难觅的知己。受新党迫害一生的苏轼，迢迢千里专程去看望卸任的王安石，与其一起研习诗词、探讨人生。那燃起的袅袅檀香，响彻云霄的悠逸长笛，诉说着多少的人事苍茫和不可回顾。

是的，都过去了，滚滚长江东逝水，最终淘尽所有英雄。陆秀夫和赵昺纵身绝望的一跳，让宋朝这朵空中恣意飞扬的浪花一下陷于沉寂，并永久地退出了历史舞台。

"世事一场大梦，人生几度秋凉。"人的生命终会像叶子，归于脚下的尘土，绮丽的梦，也会醒的。只是，不愿醒来的是我，是我那幽怨的忧思和怅惘的心绪。何时才会有"痛饮又能诗，座客无毡醉不知"的恬美春天呢，对那个朝代，恐怕我也只有"一种相思，两处闲愁"。

信义平遥

一

已是黄昏了，火烧云烈烈地燃在屋顶，风趑来，云的衣梢被掀动，眨眼，云变成了一片红的海。

有些静寂，然而分明有什么在悸动。明天，赵易硕——平遥古城票号的少掌柜将带着精挑细选的232名镖师远赴俄国，去赎回分号王掌柜唯一的儿子王思平。他们望着天上的云，风倏溜溜地钻进裤管，贴上胳膊，有一丝凉意。他们深吸一口气，感到心也是凉凉的，又莫名涌上一种紧张的暖潮。

233名汉子，离开了古城平遥，将自己交给万里黄沙和不确定的命运。平遥的男女老幼望向他们背影的眼睛，多了一层潮意。

然而，生活还是要继续，日子总在前方不徐不疾地招手。发酵，拌曲，酿醋；蒸煮，除菌，做牛肉……婚丧嫁娶，衣食住行，平遥人在时光的磨洗中增添了几许皱纹，说话的嗓音，也由高亢变成低醇。

终于，7个365天之后，王掌柜唯一的儿子王思平回来了。人们看到他孑然一人，身后拖着长长的忧伤的影子。只见他踉跄着爬上平遥城楼，张开双臂，让一腔泪水在低矮的天空欷歔而下："天呀，我回来了，可只有我，回来了……"同样是如血的残云，同样是暮色初生的傍晚，可是景遇是多么不同！233名青壮的汉子，把魂儿丢在了万里之外的异国，只有他，王家的独苗儿，被这群汉子们义无反顾地保了回来。他对不起他们呀，此后的人生，情何以堪！

他仿佛听得到那些汉子轻声的话语：我想家，我要回家，我要回到平遥……往事不可思，他无法想象他们遭遇了怎样的痛楚和折磨，而一腔义气终于将被称为北方之熊的俄国镇住了，同意放他南归，只要他们留下。

这当中的故事，是一段空白。因为过于揪心，似有意进行了省略。但这并不妨碍人们对远去汉子们的牵念。人们永远记着这些为义献身的勇士，将采用一种特定的方式，永恒地纪念他们。

这种方式，据说就是实景剧《又见平遥》。

二

平遥，很大程度上是信义之城。信义，成就了平遥，也成就了几百年间屹立不倒、威震中华的票号，使得它作为一种标格传承下来。以至于现今人们说起平遥，首先竖起大拇指啧啧赞叹的便是票号。票号是平遥鲜活的血肉，平遥城则是票号的身躯。

陪我的导游叫苏木槿，是个花的名字。想象她的母亲在硬朗的四合院里，在九月柔情的花树下将她生下，陪她长成一个圆脸睫毛卷曲的女孩。高跟鞋踩在南大街上，发出橐橐的声响，她边走边兴奋地说："这里可是中国的华尔街呢，当年聚集着全国50%以上的金融机构！协同庆，蔚泰厚……它们都在这里开设总部，又将汇兑的触角伸到全国各地……"她的眉毛微微挑起了。这个打小在平遥城长大的女孩，对故乡天生有着一种热爱。她语速微快，像春天里的小喇叭，而那被岁月湮灭的票号，在这春日的清晨轻轻地拨开烟云，飘了过来。

我们来到日升昌票号的旧址。天东抹着一缕淡紫，四周一片静寂。人们仍微醺在梦中，等待清晨的铃声将他们的日常节奏唤醒。黑色廊坊立柱，黑门黑框，黑底金字，显出一种静默的盛大。180多年前的这个院落里，名叫李大全的东家和叫雷履泰的掌柜，一合计，将垄断京津颜料市场的"西裕成"颜料铺毅然改为了"日升昌"票号，从此，开启了中国最早的金融业务，创下一纸汇票汇通天下的奇迹。

感觉李大全是个敢于放手、颇讲信义的山西汉子。因为记载中，这位东家把一切事务全权托付给了大掌柜雷履泰。在他的屋檐下，雷履泰完全是自由的，有着说一不二、一手遮天的权势。他可以随意调控人，把控全局，探幽析微，对一切业务作出处理。大全东家只负责在红木榻上抽抽烟斗，逗逗笼中的画眉鸟儿。事实证明，雷履泰也不负所望，倾注了他全部的才华和精力，与票号共发展、壮大。可以说，日升昌票号如一枚新日冉冉升起的一刻，也是雷履泰平步青云的一刻，而他的抽身，必定也会使票号陷入中天陨落的境地。

雷履泰——这李大全挑选的商界奇人断不肯闲着，他悉心研究票号——这新生事物，总有毛茸茸的夹钳等着你。他不断地思索，敢想、敢干，在一番调查研究后，创立了股份制、所有权与经营权分离制等一系列颇具现代企业性质的管理制度，后成为全国票号遵从的制度典范。何况，他本身厚道，总是先人后己，懂得舍得之理，所以，他首创的"平色余利"汇兑标准，在日升昌以后的发展中占了盈利额的四分之一。他又视票号的信誉如命，用"谨防假票冒取，勿忘细视书章"12个字分别代表一年的12个月，隔一段时间便换一次密押。这严格的保密制度相当奏效，在日升昌运营的一百多年历史中，竟然没有发生过一次被误领、冒认的现象，堪称奇迹。

我的视野中恍惚出现一个影子，那是一位衣衫褴褛的老太太。她端着一个破旧坑凹的碗，颤颤巍巍地来到日升昌票号门前。她相当不自信地叩了叩门，伙计们应声问她何事。她嗫嚅着，从兜里掏出一张包裹了好几层又脆又薄的汇票。伙计放到阳光下看了看，不禁惊讶地张大了嘴巴，他快速地跑到掌柜那里。没一会儿，掌柜请老太太来到院里，仔细询问这张汇票的来由。原来，这位老太太递给他们的是一张数额为5000两的同治七年（1868年）的张家口分号汇票。光阴如梭，已经过去了30年。30年如梦似幻。老太太说，她的丈夫原先在张家口做皮货生意，后客死他乡。她苦煎苦熬，最终却沦为了乞丐。有一天，她收拾丈夫留下的唯一一件夹袄，发现了这张汇票，便抱着试试看的态度来到了这里。掌柜听完，二话没说，吩咐伙计如数给老太太兑换了银两。

事情传出去，人们唏嘘感叹。白云苍狗，人事沧桑，可是，总有日升昌票号伫立在那儿，给人们以心安，以金钱的保证。从此，日升昌名声大振，客户更是络绎不绝了。

"日丽中天万宝精华同耀彩，昇临福地八方辐辏独居奇。"一些精干的平遥人，看到日升昌的创举，纷效其后，众多的票号如雨后春笋般成立。蔚泰厚、天成亨、日新中、协同庆……一时形成了全国票号的平遥帮。有这样一个统计：咸丰十一年（1861年），平遥的票号分号总数已经有367个，遍布全国68个城市和商埠重镇。而到了光绪年间，全国总共51家票号总部，有22家便设在了平遥。平遥，这个小小的城镇，一度执掌中国金融界之牛耳！

票号的竞争其实相当残酷，看不见的硝烟在弥漫。在伙计们奔来跑去的步伐中，在噼噼啪啪的算盘声里，他们在暗暗较劲，都想在这小小县城辐射的大中国一杵矗立，震慑对手。可是，"夫商与士，异数而同心。故善商者，处财货之场，而修高洁之行，是故虽利而不污；善士者，引先王之径，而绝货利之轻，是故必名而有成。故利以义制，名以清修，恪守其业，天之鉴也"。不知是哪位商人说过的这段话，道出了票号们内心的想法——竞争，不仅是事业、气势之争，更重要的是诚信和品行之争。诚信倒了，票号也就完了。不乏见到平遥史上票号惺惺相惜的例子：有一个票号，因为一些原因欠了另一家票号白银六万两，到后来却无力偿还了。这借方的掌柜便到贷方掌柜那里深深作了一个揖，说明情由，告知无力偿还的原因。贷方掌柜深惜同道之谊，又愿助其一把，便大手一挥，六万两白银的债务从此勾除。

很难说贷方掌柜此后不会获得丰厚的回报。借方从此必倾力而为，以图东山再起，涌泉以待。以君心换我心，以信取信，山西票号，才能进入一种正常、有序的循环，才能开创票号百年不败的大业。

三

霞光渐次散去，旭日腾在了空中，洒下柔和温煦的光。我来到彼时最大的票号协同庆。几盏灯笼高挂在屋檐，显出端庄静雅之美。檐梢沾了金辉，衬着背后的蓝天，仿如一只巨鸟振翅欲飞。而历史上，协同庆真的如一只翱翔天际的雄鹰，资本量和盈利额在当时都首屈一指。

一进院子连着一进院子，两边又有账房。每院前面，都有元宝形状的石瓮，既可防火，又有特定的含义。因为经常有驻外人员回总部处理事务，特辟了四院为其临时居住地。协同庆，好像一张巨网，撒到海角天边，将大把的金钱捞了回来，所以它的金库，号称"大清第一金库"。

但是，这张网网罗的更是人才。人才在协同庆发展史上有着首屈一指的地位。王、米二东家颇不简单，他们把人才当成真正的摇钱树。像日升昌票号那样，这两位东家对掌柜们亦是赋予了全部信任。看看协同庆的门联："众力聚英才，知人则哲；一心共天位，仰国之光。"因有名曰刘庆和的贫寒小子和年轻后生孟子元，以及后来几位总经理的倾力付出，协同庆才能从区区万金的小号一举成为遮蔽平遥一片天的大号，在历史上留下响当当的名声。

按照国人的观点，有人的地方便有争斗，便有不谐，协同庆如同它的名字，奇迹般地打破了人际关系的这个"魔咒"。前后一共七位总经理，始终团结一致，共谋发展。他们之间又互相举荐，招聘的伙友也是量才而用，知人而任。协同庆的氛围是友善的、美好的，以至不少人结为了亲家。

莫名地想起曹操，他虽被称为"奸雄"，但其手下荀彧、程昱、贾诩、徐庶等一干嘉士无不遵从其命，绕其团团转。原因也在于他对他们的不二信任。一个团体，内部团结了，信任有加，外部的一切险厄便会迎刃化解。

在协同庆金库的一面墙上，我看到光绪二十六年（1900年）闰八月初九慈禧太后的口谕："一个协同庆票号，筹款支差，比得上山西藩司，也快比得上我大清户部了，余后应予奖叙。"

真的很难想象，在这座看似普通的宅院里，在这百余年前深幽的历史角落里，曾有过多么繁华的商业风景！嗒嗒的马蹄声清脆地敲响在地面，大珠小珠落玉盘的算盘上扬着激昂的旋律，风风火火的伙计们脸上洋溢着灿烂的笑容。信任，扎就了繁华的根。

四

如果说，平遥票号自行业展示的是一种"信"，那么，在面对民族和国家危难时，展示出来的更是一种"义"——义薄云天，大义凛然，义不容辞。

光绪三年（1877年），山西大旱，饿殍遍野，骨肉相食，形成了中国历史上的丁丑奇荒，1600万居民中死亡数竟有500万。在这人寰绝厄的关头，协同庆拿出白银50万两赈灾。一粒粮食，便象征着一条生命。

那些饿得两眼昏花四肢无力的人们，看到了"沙漠的绿洲"和复生的希望。

而相助老佛爷，更是将票号的"义"展现得淋漓尽致。

那是光绪二十六年（1900年）的八月，大地蒸腾，八国联军卷起的硝烟已滚过通州，据说，很快就要袭向北京。慈禧和光绪帝——这些龟缩皇城享尽人间富贵的主儿吓得屁滚尿流，连夜扮作农妇农夫，悄悄逃出了京城。往哪里？山西！山西自古以来便是军事重地，东依千里太行，西附九曲黄河，南自银湖之畔，北迄长城脚下，对京师的拱卫作用不言而喻。慈禧一行慌慌张张地过昌平，经怀柔，驱大同……最后，来到了平遥城。一路上，他们受尽艰辛，颇为困顿，完全没有了皇家的气派和形象。来到了平遥，平遥知县沈士嵘立即接旨，又传来乡绅宋梦槐和各商号的财东们接驾。日升昌、蔚泰厚、天成亨、百川通……几十家商号的大财东百十号人亲至洪善驿，听候西太后盼咐。

慈禧打量着平遥城，青砖灰瓦，四大街，八小街，七十二蚰蜒巷，人们在不温不火地生活着。酱梅肉、包皮面、握溜溜、猫耳朵、水煎包……各色小吃充斥着她的眼睛，陈醋的香味传来，使她禁不住咽了一口口水。平遥的醋，早已有名了，北魏的时候，贾思勰就在《齐民要术》中总结了22种制醋法，据说就是山西人的酿造方法。薄润的质地，茶清的颜色，平遥的醋托起的是美味的历史。还有牛肉，入口醇香，意味悠长。慈禧一时觉得这个小镇是一座天堂。她暂时忘却了八国联军要对其"算账"，乐滋滋地徜徉在平遥的大街小巷里。哦，还有呢，你看马面敌楼那么坚实，高高的城墙依旧那么稳固，瓮城闷闷地显出一股朴拙。两千多年前的尹吉甫真是有经世之才，他建造的城池，怎能像通州那样，被八国联军的炮火轻易地毁了？慈禧感觉心里很踏实，她暗暗舒了口气，深信山西是她坚实的堡垒，即使不再回京师，她照旧可以过得逍遥自在，作威作福。

慈禧在协同庆票号总经理赵德溥儿子赵鸿猷的院落里下榻。她很快入睡了，发出轻微的鼾声。等到醒来，她开始打起了票号的主意。一路上，她之所见，无不惊呆了久在皇宫的她。票号之富庶，商业之繁荣，使她产生一种冲动，她叫来知县，提出要借银。

票号们很快凑足了银两，呈给慈禧。慈禧满意地眨了眨眼睛。

其实，她不知道，票号是最讲忠义的。莫说国家危重，两宫不济，就是出现了普通灾情，他们也绝不会坐视不管。他们竭慷慨之心，尽全身之力，为国分忧。在自身资金周转不善的情况下，国家的利益也总是第一位。

票号给慈禧留下了难以磨灭的深刻印象。她感激，并将这种感激上升到了政治层面。回宫后，她下达了一道旨令，要求在京开设票号的商人"刻期来京，归复旧业，以便京民"。票号们打点行装，纷纷北上复业，又主动开展了庚子赔款的新债汇兑业务。

"庚子之乱，天子西巡，大局岌岌，各商停滞，而票商之持券兑现者，上海、汉口、山西各处云会雾急，幸赖各埠同心，至是之后，信用益彰，即洋行售货，首推票号银券最是取信，分布便放通国，名誉著放全球。"李宏龄的这段话彰显了票号的信义，也向我们展示了世界对山西票号的赞誉。

慈禧以亲身经历尝到了票号的甜头，她对票号的信任，使其与清政府有了斩不断的联系，票号由此发展到一个鼎盛阶段，并一度参与了对经济命脉的把控。每当清政府又签订不平等条约，赔款不能按时上解时，便想到了票号，请票号垫汇。交付票号承汇公款的省关骤然增加到39个，1894—1911年，票号承汇的公款达141864475两，数额之大，令人瞠目。这些汇款，大部分是汇往外国银行，票号，在很大程度上承担了清廷的银行功能。

五

然而，扶也清廷，毁也清廷。一方面，清政府视票号的"义"为理所当然；另一方面，对票号吹胡子瞪眼，为所欲为地对其盘剥。

清政府摆开了蛮横、高高在上的架子。早在咸丰二年（1852年），蔚泰厚去向粮道倪某公关，分文未获，回来讲述了自己的"冤屈"：当时，蔚泰厚为争得一点海运经费，托了王家佩老爷、钟大老爷和贾太爷三位地方上有头有脸的人物前去说情，没想到，"倪大人恼咱甚重，但提及蔚泰二字大动其火……去岁倪二少爷进京，不知是何号要借银三百来两未付。及至粮道进京，二少爷告诉是向咱号借用，咱号未与，粮道知情大为生气……"官家把票号当作自家银库，想借就借，借了却很难还款。票号成了一种权贵性的社会资本，一旦形势有变，便被抛开。后来，清政府又成立了户部银行、交通银行，对票号更是极尽褫夺，令人心寒。

如果你不相信，让我们来看一组数据，看看清政府——这至高无上的权力机构是如何滥用权力的：甲午战争以后，仅户部就向京城银号、票号借银100万两，在此后的息借商款中，仅银号、票号提供的贷款就占到了总额的10%。1911年12月，仅度支部欠京师各票号的款项就达到了700多万两……名震华夏的票号，终于被它的"主子"送上了断头台。

写到这里，我不由得深深地吸了一口气。在政府的无赖强势面前，再不断完善自己的票号也无能为力。政府像一把锤头，轻轻一擂，票号便难以承受。

自然，票号败落还有很多其他原因，比如战乱对它的打击和破坏，民族资本主义损伤对其的连累，等等。但是，究其衰落的直接"导火索",竟然也是信义。

民国三年（1914年），辛亥革命已经取得了胜利，受到冲击的祁县合盛元票号北京分庄涉案。与合盛元票号风雨同舟、和衷共济的日升昌票号北京分庄，为了维护其数十年的信誉为它举债担保。没想到，合盛元北京分庄经理却消失无踪了。日升昌北京分庄随即遭到查封，总经理郭树外出躲避，财东李五典、李五峰遭到关押。11月12日，已离号的原协理梁怀文为了救财东挺身而出，进京前往审判厅报到。日升昌票号被迫破产整顿。

日升昌，曾经，山西票号们跟随它冉冉而起，而今，它陨落了，山西票号也如同失了领头羊，慢慢陷入一蹶不振的境地，并整体性地退出了历史舞台。到1934年，已彻底地见不到票号的身影。

六

我本有情有义，忠信不二，广交天下，没承想，一朝风云俱变，华厦顿倾，风光难觅。可是，历史的烟云中，毕竟曾有过我的身影。在中国的历史中，我赫赫地占有着一席之地。谁敢说，现代金融业的繁荣没有票号的功绩呢？你看，《又见平遥》展现了我信义卓著的一面。你们不要为我悲，不要为我伤，我从容地走过，我不后悔，我骄傲。

仿佛听见票号化成了一个人，在这样轻轻地说。走在平遥古老的土地上，看着门檐依旧，院宅依旧，恍不知今夕何夕。

望　月

　　周六傍晚，我和秀吃完晚饭，一起去南山，看月亮。今天是十五，月亮是最美的。

　　南山在J市东南部，由一些低矮山丘组成。山里几幢别墅，些许人家种了些许苹果树、杏树、梨树……是休闲散心的好场所。

　　我们驱车四十里路，将车停在山脚下，步行，走入了那弯弯曲曲的小道。道是人脚磨出来的，秋日的傍晚，格外显目。不时有果树的叶子，自树躯纷落而下，飘在我们的脚上、肩上。边走边发出婆婆的摩擦声。树和人不同。人是愈冷愈穿得厚，冬至时，便罩了厚厚的棉衣，而树木，却在乍冷的时候便将叶子凋谢了，裸着个身躯度过寒冷的冬季。我敢说，树的心都是火热的；我也敢说，地下被我们践踏的黄草儿，心，也是火热的，且在内底蓄了一汪春芽，这春芽，是不死的，是来年的种子。

　　所以，人离了希望是不行的。

　　边走边聊，忽一会儿，秀大喊："月出来了！"

　　可不，一阵秋风，将周边的云吹跑了，月亮灿然着脸，娇娇俏俏，仪态万方地步入了深蓝的天空。那天空，好似专为月儿铺设的幕布，蓝黢黢的，四周没有一颗星子。月色如此澄宁，月里的沟壑山丘隐约可见。也似可见嫦娥仙子，又在曼妙起舞了。若不，月儿的脸一会儿羞一下,绽出两个酒窝,一会儿又如满白的梨花,光洁迷人。

看着月儿,我真想拥有它。

可我知道,是不行的。

小的时候,我们拥有月的方式很简单,就是各自舀了一瓢清水,蓄在盆里,静静地等着,待月儿升上天的时候,它的倒影,也便盈盈地在水里了。一阵风过,它似乎瑟瑟发抖呢。我小心呵护着它,用双臂圈住它。弟弟的抖极了,娑娑娑,碎成几片。他嫉妒我的,又忽地把我的月也给搅没了。我望着碎碎的月片儿大哭起来。在我心里,它那么圣洁,不能轻易摔碎的。妈妈闻声赶来,把我们提溜进屋,笑话我们真是小孩子,听说过猴子捞月的故事么?

我喜欢月亮,恰似古人的喜欢。"海上生明月,天涯共此时",埋藏的是一份爱的希冀,它让隔岸相望的人们,尝了无尽的甜美的相思。"明月几时有,把酒问青天",抒发的是一份洒脱的豪气,只有心怀坦诚的人,才可以这样诘问月亮,月亮也只会给这样的人以回答。"人攀明月不可得,月却竟与人相随",惜的是一份无奈的孤独,如同"花间一壶酒,独酌无相亲",那殷殷情意,就这么寄托给花与月了,也许,月都能听到。

"天上的月亮都这么圆多好。"

秀扑哧一笑:"想得倒美!天天的月亮都是圆的,说不定人们又希冀着枯月的那一天哪。"

也许吧,"但愿人长久,千里共婵娟",不就是因为月满圆的时间太少吗。

下午读林清玄的《红豆》,说起人之思慕,言道不会相思的人是贫穷的,是人生的贫穷。大抵世间不如意者十之八九,折磨人的痛苦一定程度上又象征着甜蜜,因其痛苦,更能体味甜蜜的珍贵。"秋阴时晴渐向暝,变一庭凄冷。伫听寒声,云深无雁影。更深人去寂静,但照壁孤灯相映。酒已都醒,如何消夜永?"周邦彦的这首词诉尽了失意人儿万般愁肠。我想,如果他能看到此时的月儿,定不会如此心绪满怀,得以睡个好觉了。

　　月啊,你真是人世间莫大的安慰。我不敢拥有你,我知道的,我越追寻,你定会越远。那么,我只有在心底蓄一瓢清清的水,夜夜护着你,让你在我心上,长一辈子。

明 石 桥

一

火红的夕阳点染了周边的云朵，也点染了这一江滔滔的大水。它从遥远的旋崮山而来，在此经过65个桥洞，又浩浩东流而去，直至入东平湖，进黄河，奔大海，完成自己波澜壮阔的使命。

芦苇亦被罩上一层金红，飒飒的身影拂在水面，平添了几分柔曼。它承大汶河浪涛抚摸，心地粗坚率真。更有一丛，身子达两米余高，随风欹向石桥，于是仿佛听到了自然的密语。

多年了，一直如此。再看这桥，宛若游龙，在红辉中振振欲飞，飞向那辽渺无边的天际。而其实，它是留恋此处的。它北起泰安岱岳区大汶口镇南门，南至宁阳县磁窑镇茶棚村，两岸人民，早已用500年的热忱和喜爱挽留了它。

桥面零星地钻出一些碧苔，诉说着生命的坚韧，而桥身，分明已被岁月琢磨得光滑溜润。遥想当年，一行行脚印踏过，一辆辆马车压过，一列列生死嫁娶的队伍经过。沧桑与青春，悲喜与离愁，轮番在此上演、争锋。而此桥不语，宛如一位苍髯颔首的老者，阅尽风烟自岿然不动，历尽千磨万险犹不毁。它应时而来，无声地顾看着一切，迎纳着一切,也铭记着一切。

二

迎面滚来一个绿绒毛球,越来越近,到了跟前,竟是一扎羊角辫的绿衣小女,大约五六岁的年纪,脸庞带水儿,手里捧着一大把野甘菊。她只顾了跑,到我跟前时一怔,露出两排珍珠小牙,奶声奶气地叫了声"阿姨"。

我笑了。却不知她到何处去。她扭着身子往后一指,原来岸旁不远处有一排砖房,那里有她的爷爷。

"你爷爷一直在这儿住吗?"

"嗯,"她扑闪扑闪眼睛,眸子亮如星月,"俺爷爷,俺爷爷,可牛!"她又一扭身子,现出几分娇意。

"怎牛?"我蹲下来,逗她。

她说她爷爷,包括她爷爷的爷爷的爷爷,老早老早的时候就一直住这里了,从未离开过半步,看着汶河水涨了又落,落了又涨。我忆起来,原先这汶河上是无桥的,只是在明代隆庆年间得建此桥,岸边也是无村的,四周是茫茫旷野。因为这桥,商贾行旅开始来往不绝,便有那有心的人在此搭了茶棚,专为过路人解渴。久而久之,规模越来越大,竟形成了一个茶棚村。又因这桥,磁窑得以具备九省通衢的功能,以千年古镇的形象在历史上熠熠闪光。

如此,这女孩的爷爷想必是这初民的子孙了?初期以卖茶为生,后来发迹于繁忙荣盛的市集,家境渐而殷实,却再也舍不得这一方水土,干脆在此安居下来,祖祖辈辈,做了这石桥最亲密的守护者。

"俺爷爷,最牛!"小女孩的辫子一甩,两个酒窝仿佛要溢出蜜汁,她给我讲了一件事——"俺爷爷说,他小时候就爱在这河边戏耍——我也想戏，可俺爷爷总不肯——他会蛙泳。有一天，他闭着眼睛浮在河上，忽然大腿一阵疼，像被啥扭了一把，嗯——疼得他差点栽到河里。爷爷说，原来是一只白鹭，误以为已游到它家的爷爷要偷走它的蛋，就拧了他几口！嗯，爷爷说，白鹭的尖嘴嘴像钩子呢！"

我又笑了，眼前继而闪现出生动的画面。现在，白鹭已飞往南方度冬，来年春天，又会回到这密密的苇丛繁衍生息。汶河水质稠美，空气洁净，难免吸引着洁白的使者来此安家。届时，红隼、野鸭、灰鹤……古老的明石桥边，便又是一处自然的佳景。

三

杜甫望岳，可曾路过我站的此处？他登上岱顶，面对莽莽苍苍，不禁心怀开阔，一股豪气油然而生。在山顶，如果着意，是会看到这长长的白练的，它晃着他的眼睛，让他惊奇。假如当时有明石桥，他定会来此走一走，驱走仆仆的风尘，让那颗生而忧患的心也获得些许轻松。孔子自曲阜，游学天下，是否也曾涉越此水？那逝者如斯夫的喟叹，本该是给汶水的。左丘明、鲍叔牙、萧大亨、羊祜、石介……齐鲁多风流，这些才士名人我想莫不沾染过汤汤汶水的风浪，在它的怀抱中畅谈、沉思，而他们的一生，也如水，起起落落，却又初心不改。

再有李白，这下凡的谪仙人，也看中了这块宝地，与孔巢父、韩准、裴政、张叔明和陶沔隐居徂徕，啸傲泉石，纵酒酣歌。喜爱游乐的他们，定会来此游玩，让那洪亮的歌声回旋于汶水两岸。

1959年宁阳堡头村，发掘出了举世闻名的大汶口文化遗存，之后又经过多次考古发掘。据发射性碳素断代并校正后得出的数据，大汶口文化年代距今6500~4500年，延续时间2000年左右。大汶口文化遗址的发掘成果为深入了解研究中国古代历史和文明的起源提供了宝贵的资料。是否,曾有一块块的陶片流落桥下?是否,曾有精美的玉器陷入了河水,又缄口不语地看着世界?

桥北的龙雕桀骜而沉默,我想,它的心中一定有一个答案:是的。因为河水有证,时光有证。

四

我望不见那苍远的尽头,却能感受到脚下沉甸甸的厚重。低头注目,若干石条并排铺列,每块足足达3.5米长,纵横相接处,由铁质的锤形扒锯钳接。威严敦厚,气质卓然。想那建桥之人,须费多大的才思与财力才能成就此桥?这一干石匠,必是将生命的沉思和对生活的热爱倾注到了桥上。虽然清雍正年间此桥被大水损毁,但是犹有那义薄云天的名匠姜公义修,使之达到古今如一。

小女渐渐远去了,一团绿影,消失在郁郁的林中。红气散尽,薄暮渐渐升起来。汶河之水,转而油黑发亮,愈显桥之沧桑沉实。声息渐渐寂了,只有偶然的蟋蟀,在敲响《诗经》的清音。七月在野,八月在宇,九月在户。无垠的时间里,一切随河水而去,精彩处,却被镌在了桥上。

我愿与君长相知,终老无隙,吟风诵月,天堂人生——面对一个人,你或许心有疑问,而这桥,则是完全值得你托付的。

辑三

两个人的眉州

　　苏子，虽然你离开我有九百余年了，虽然历史的烟云一卷再卷，诡谲莫测，但是我还是在这个小雨霏霏的仲夏踏上你的土地。这里有你落地的第一声啼哭，有你牙牙学语的稚音，有你嬉耍的踪痕，还有你秉烛苦读的身影。可以说，这里有你少年青年的一切。原谅我，在你无能为力的时候闯进你的世界，以一个小女子的心态仔细地偷窥——谁叫我那么爱你。

　　我来到纱縠行南街的一个院子，这是你呱呱坠地的地方。后人为了纪念你们，已把这儿改名为"三苏祠"。那口清冽的老井依然在，只不过更幽深了，白云、落日映入其中。你父亲手植的黄荆历经火灾而不死，几百年来遮天蔽日，翁然如擎。几十年前主干干枯，却又有新枝延续它绿色的生命。它是苏家踪迹的记录者，大概也是唯一活着的见证者。是否就在这儿，你父亲蹙着眉头，绝去了求仕念头，把一腔心思放在了"六经"研读上？是否又在这里，他对你们兄弟谆谆教诲，埋下了济天下的种子？在殿堂，我见到了你母亲——程夫人。她和令尊结婚以来，一直纵容他孩童般的顽气，而当他豁然开悟发奋苦读时，又倾心倾力支持他，并亲自教授你们兄弟二人。都说孟母三迁多伟大，你的母亲也将载入史册。

　　多少年来，眉州的人是知足常乐的。极峰险山如一道天然屏障，阻绝了喧嚣与纷争。人们在山间寺塔流连，在竹编陶瓷里恬静地消耗时光。而你伯父苏涣无与伦比的进仕风光，仿如一道冲天燃起的焰火，让他们看到了一个华美陌生的世界。"天圣中，伯父解褐西归，乡人嗟叹，观者塞途。其后执事与诸公相继登于朝，以文章功业闻于天下，于是释耒耜而笔砚者十室而九。"此后，读书仕进，成为眉州人最大的渴求。

苏子，我想留住你少年青年的一切，这人生中美好的时节，这一去不复返的时节。我想变成一个及笄女子，做你的邻家。我听你昂扬的读书声敲响我的窗子，想象迈过墙头的那片树荫下，你边吟诵边自得微笑的情景。你的家境并不太好，你得经常出去放牛。我换上那件我最喜爱的淡绿衣衫，采下指甲花染红十指，用朱砂涂润双唇，一步步，走上山坡。你骑在牛背上，手里捧着一本书。牛哞哞唤着自己的同伴，却掩不住你琅琅的书声。你的嗓音亮澈，有一股穿透力。读书累了，你便望云。云牵扯着飘过来，罩住了你我，投下小小的阴影。我呆呆地望着这影子，它倏忽又远去了。淡淡的怅惘袭上心头。你吆喝一声，朝山坡的另一面走去，我躲在一棵老树下，痴痴地望向你。

你是个勤苦的青年。我看到你脱了褐衣，在东岗植树。真不知你哪来那么大的毅力和耐力，竟然前后种下了一万多棵松！密密麻麻的树苗在风中摇摆，每隔几天，你就来浇水，还不时施肥。阳光下，你的汗珠子油亮亮的，你将它在袖子上擦了擦。我真有些羡慕那些汗珠。我多想变成一粒汗珠，附着在你的皮肤上，沾染你独特的气息，即使你把我拂去，我也不后悔。

你是个品性优异的男子，我知道。你们院角有个坑，埋着一个瓮。多少次，你想象这里埋着一笔宝藏，而十有八九是。你的母亲却不许你们挖掘，说非己之物，勿取。你热辣的目光黏在上面好几天，最终还是离开了。你认同母亲的教诲，这是你自身的品德，也是你此后为官做人的基本。

我换着法儿在你面前频频出现，你却对我视而不见。你说"妹妹"。你的笑容里充满了和善，明澈的眼神只有温情。我只是你邻家的妹妹。

你父母大张旗鼓为你迎娶了青神县王方家的女儿。你是王先生的得意门生，爱学，聪慧，你的老师早已相中你，他漫长的执教生涯，也许只为等一个你。那次，你在中岩读书，一泓碧水悠然。你放下书本，若有所思地望着。你叹口气："好水岂能无鱼？"你向老师提议，这水该有一个好听的名字。大家冥思苦想。你很快亮出了三个字——唤鱼池。这博得了大家的一致赞叹，雅俗共赏，切中真义。此时，王先生的女儿王弗也差丫鬟送来了一方红纸，上面用娟秀的字迹写着："唤鱼池。"原来，你们是心有灵犀……

王弗知书达理，善于识人，每当你和别人聊天，她就躲在屏风后倾听，客人走后，她便提醒你，此人可交或不可交。你们小两口情深意笃，如鱼得水。你总算找到了对的一半。

1056年，你和令尊、弟弟踏上了进京赶考之路。这是天下读书人的梦想，也是使命。你母亲和妻子对你谆谆叮嘱，说不尽的殷情切意。我知道，以你的才华，不高中状元才怪！我见过你随手写下的句子，爽如哀梨，行若流水，说不尽的美妙风姿，世间不可能有第二个人有这样的锦句。苏子，你就要走了，开始你的崭新人生，而我，我还固守在这里，我相信你会回来。

果然，你以一篇《刑赏忠厚之至论》倾倒了文坛领袖欧阳修，他不停地拊掌，说你真可谓善读书，善用书，他日文章必将独步天下！听说他还美滋滋地告诉皇帝，为朝廷找到了你和苏辙两个栋梁之材。我为你由衷地高兴，可也有些担心。繁华的背后，往往掩藏着机关权谋，尤其是在宦途。我担心以你爽直的性格，能否应付得来。

你们父子三人名动朝野。每每有新诗，很快会传遍京师。真是得意少年时，不识愁滋味。

正当你们准备大展身手时，你的母亲却病故了。我知道，她早已病得不轻，只是瞒着你们，不让你们知晓、分心。你们痛哭，一时难以接受。然而再痛入心髓，也得承住这个结果。你们溯江，回家守丧三年。

我的心理有点古怪。我终于又可以见到你了，久违的你，苏子！日思夜想的你，苏子！我看到你眼里深深的忧伤，额头竟添了一条纹路。你望了我一眼，苦涩地挑一下嘴角。你成熟了许多，浑身充满了男子气息。母亲的逝去成为你今生的痛。你想起了她督促你们苦读的话语，想起她为你们日夜操劳的身影，泪水如溪水簌簌而下。男儿有泪不轻弹，苏子，你是性情中人。我真想安慰你，可你妻子轻轻走到了你身边。

一切皆像宿命。"人生到处知何似？恰似飞鸿踏雪泥。泥上偶然留指爪，鸿飞哪复见东西。"这是你的人生体悟，也是你对世间万物的态度。人生不可执迷，珍惜时一定要珍惜。

家乡的山山水水抚慰着你的伤痛，温暖的乡情让你渐渐平复下来。在乡间，你续上一壶茶，茶香氤氲中，你嗅到苦涩的味道，之后是淡淡的甜。你终于笑了。这就是人生。

我们时常"偶遇"，在你常去的三岩，在东岗，在你走过的一切地方。你用磁性的嗓音问："妹妹可好？"好呢。我郑重地对你祝福，转身，却是说不清的忧郁。你永远不懂我的心。我是一朵无名的花儿，你路过便罢。

三年后，你带着妻子离开故乡，踌躇满志地开始了你的浩迭之册。你先是任大理评事、凤翔府签判，又任判登闻鼓院，不疾不徐地绽放着生命的芳华。用舍由时，行藏在我，你好不快意！这条路看似笔直而美好，一直通往天堂。你兢兢业业，爱民勤政。你诗酒年华，邀月而歌。生命宛如一条河，波澜壮阔。

谁想，1066 年，你父亲因编撰《太常因革礼》积劳成疾，也去世了。你和弟弟扶柩再回眉州。

距你上一次回来，已过了七年。七年！足以改变一个人，从外貌到精神。你从路那头昂扬地走过来了。多年为官，使你有一种雍容的气度。你的眉宇透着自信。你由一块原石被生活雕琢成了美玉。我怯怯地望了你一眼，移开了目光。"妹妹！"你说。你的嗓音已然浑厚。我大胆地迎向你的目光。"是邻家妹子呀。"旁边的璧人认出我来，对我一笑。我的心慢慢落了下去。

苏子，也许你没有想到，这是你最后一次回故乡。此后千山万水，时光荏苒，你纵有千情万愿，也不可能再踏上这片土地。生活就是这样，有时难以由衷。往后，你对眉州只有满腔的思念，痴痴的仰望，而你并不能走进它。我看到你眼中的泪，感到你心里的苦。我更为你苦。你的人生，此后并不是一帆风顺的，眉州，想给你以最大的庇护，也无能为力了。

等你回到京师，一张网悄悄地向你张开来，王安石变法开始了。王安石算个好人，在诗词创作上堪称你的知音。但你们政见不同，在变法中无法站在同一个阵营。在声声叹息后，你请求外调。你先来到杭州，又到徐州。

苏子，这两个地方，今天仍留着你活动的轨迹。尤其杭州，苏堤静静卧在那里，诉说着九百多年前你的操劳。它是一道美丽的风景，承载着你对百姓的爱和对审美的完美把握。你以民为天，大力发展生产，兴修水利，发挥着你的治理才华。百姓们都爱戴你，听说你被调走，他们结队含泪相送，百般难舍。

但舒亶、吕惠卿之流操纵的新党，却忌惮你的才华和政绩，处心积虑，硬从你的诗中断章取义，说你"包藏祸心，怨望其上"，制造出今天看来都惊天动地的"乌台诗案"。

唉，木秀于林，风必摧之。人若出众，往往成了他人的眼中钉。那些小人无视你的心胸浩荡，才华干云，以民为重，把你生生关进牢房，对你刑讯逼供。我恨，恨不得揪住他们，用其手段还击他们，可我一介女流，无能为力。他们日夜审讯，将你这个堂堂朝廷要员，折磨得面无人色，最后，为求痛快，你只得按下了手印。

苏子！我想你一定流泪了。你一定想不到会遭此劫难，更想不到朗朗青天，你一片真心对待朝廷，有人却容不下你。你不知道自己做错了什么，时刻反省，却找不到一点错谬。唉，其实正如你弟弟所言，你的过错便是才华太甚，远远超出了一般人。谁让你在云上呢？那些泥壤之徒就是要让你从云上飘走，乃至消失。

"梦绕云山心似鹿，魂飞汤火命如鸡。"多么凄惨的诗句。你一向清高，没承想此刻如鱼肉，任人烹割。你总算对宦途险恶有了一定认识。但愿你以后多点心思，勿要一味坦荡。

还好，你的人格魅力早已打动了绝大多数人，包括你的政敌王安石，他说："安有圣世而杀才士乎？"所有正直的人都在为你奔走。皇太后更是捶着床板教训她的儿子，与其大赦天下，不如赦苏轼一人。终于，在上上下下的努力下，你被免去死罪，下放黄州，做了一名团练副使。

黄州的天阴阴沉沉，黄花飘落，堆积如冢。它会埋葬你的过去吗？晚上，风把一切吹散了，吹来了月亮。月亮也缺了一角。你看到梧桐树的影子绰绰，似也禁不住这清寒。你想起了自己。唉！人生此后算是入了逼仄，不知还能不能看见前面的风帆。"缺月挂疏桐，漏断人初静。谁见幽人独往来，缥缈孤鸿影。惊起却回头，有恨无人省。拣尽寒枝不肯栖，寂寞沙洲冷。"你的心中有屈啊，难以伸张。可你仍旧一派初心不改，宁愿选择栖在冷冷的沙洲上。这就是你，苏子！这也是我由衷敬你爱你的地方。堂堂男子汉，当如此。

在这期间，你饱尝了人情冷暖。这是上苍予你的惠赐，也是锤炼。孟子早说过："天将降大任于是人也，必先苦其心志，劳其筋骨，饿其体肤，行拂乱其所为，所以动心忍性，曾益其所不能。"你要顶住啊。夜里，你一笔一笔写下对朋友的惦念，可他们鲜有人回。人人对你避之唯恐不及。你把花销用画叉挑在梁上，按日取下，勉强支撑生活。从天堂堕入地狱的感觉，莫不如此。好在后来，太守徐君猷为你拨了一块地，你躬耕东坡，从此后，自号"东坡居士"。

你开始更多地寄情山水，遣心抒怀。"天地之间，物各有主，苟非吾之所有，虽一毫而莫取。惟江上之清风，与山间之明月，耳得之而为声，目遇之而成色，取之无禁，用之不竭。是造物者之无尽藏也……"你知道，你是自然的孩子，在自然面前，你从不用折腰，也不必违心。自然于你，是公正的，无私的，也是挚爱的。

自然而然，你写出了《赤壁赋》《念奴娇·赤壁怀古》《定风波》……仿佛生命之泉的自然流淌，它们融哲理、才华、命运于一身，成为中华五千年文明史上的瑰宝，至今仍熠熠闪光。可以说，在此期间，你完成了对自我的突围。

又是七年呀，苏子。你已四十八岁了，将知天命。你的天命是什么呢？是继续的潦倒，还是此后的繁华？

我想拽你回眉州，可你听不到我的音信。而你的一切，总是适时地传来。你的妻子王弗早已去世，你和她的风花雪月只有短短的十年。之后，你续娶了她的堂妹王闰之。是为了更多地怀念王弗，还是王闰之自己所求？我更相信是后者。世间任何一个女子，都抵挡不了你的魅力。果然，她把姐姐的孩子视为己出，又为你生了两个儿子。她照顾着风雨漂泊的你，让你在困蹇中有一抹鲜亮。苏子，这是你的幸运啊。

1085年，旧党执政，你终于苦尽甘来。你一生的荣华在此达到极致。仿佛春风抚过疮痕累累的大地，你先后任起居舍人、中书舍人、翰林学士知制诰、兵部尚书、礼部尚书等职。你真正进入了国家权力中心，过起了衣食优裕的上等生活。你们一家人在开封，享受着生活的甜美，再也不用为一斗米而算计了。

唉，可是苏子，你怎么死性不改呢。这么多年过去了，我本以为你的棱角已被磨圆了，懂得上下迁就，可你的心还是赤子般啊。当你看到朝廷准备废除新政的一切，你又坐不住了，上书谏言保留新政中与民有利的部分。这样，新党和旧党都容不下你，你成了孤家寡人。

可是，谁都不能怪你。爱你的人都不怪你，他们都了解你。你若不为民请命，你就不是苏子了；你若不吐为快，也不是苏子了；你若为了一己之私苟活，更不是苏子了。你可爱、率真、坦诚，这也注定了你仕途上的"无知"。你是大智慧舍弃了小私心呀。苏子！

记得小时候，你在读《后汉书·范滂传》时，对范滂崇敬至极。你对程夫人说自己也想成为范滂那样敢于牺牲自己不累他人的人。程夫人朗然而答，如果你学范滂，那么她便如范滂的母亲，永远支持自己的儿子。苏子，你对得起母亲的教诲，也对得起眉州这片生你养你的土地。

此后你的旅途依然不顺，五十三岁，你被调到了杭州，五十五岁，知颍州，半年后知扬州。五十七岁你再次还朝，任兵部尚书、端明殿学士兼翰林侍读学士、礼部尚书，次年九月，出知定州。五十八岁时，你被贬到了英州，之后贬惠州。六十一岁，你被贬到了偏远的儋州。在彼地，只有朝云陪伴你——这个美丽的王姓女子。超越了世俗。诚如你写给她的一首词："高情已逐晓云空，不与梨花同梦。"她比梨花还要纯洁、坚贞呀。在她死后，你写下"不合时宜，唯有朝云能识我；古调独弹，每逢暮雨倍思卿"的祭念。那是一个老人痛失知己的哀叹，也是钻心的无奈。

我也老了，我们都已是风烛残年。但我依然痴痴望着你的方向。

六十四岁，你病逝在了北归途中的常州。

我也该走了。

你走完了你丰富多舛的一生，我走完了我平静无趣的一生。我仅有的意义，便是无望地爱你。

九百多年后，我又穿越历史，站在了你的院子里。下起了霏霏小雨。雨丝温润、轻柔，仿佛当年你的话语。池里的荷花在舒展，如你的心般纯洁，出淤泥而不染。游人一个个地来，瞻仰，拍照，依依不舍。

你的塑像在院子里。我看到你宽衣青帽，衣袂飘飘，眼神依然执着而纯真。苏子，你是眉州的儿子。我真高兴你又回到了这片土地。从此，你再也不要走了。你也走不了了。

九百年一轮回，你又化为一个翩翩少年，出现在我的生命里。这次，我要和你逛遍眉州的山山水水。我们去中岩寺，在那棵老松下看它的日影移了来，移了去；我们去蟆颐观，看杨太虚、尔朱得道的仙址，依依落照洒彻整个山间；我们去连鳌山，寻泉水，与云雀为伍……

你问我是谁？我是世间的每一个爱慕你的人，愿意追随你的男子、女子……

是非成败转头空

洹水悠悠，寒冷中升腾着一股雾气，树木萧萧，拂扫着斜阳。洹水北岸，坐落着袁公林，是北洋政府为袁世凯修建的墓殿。

残雪尚未消融，一些簌簌从屋檐上落下来。落在水洼处，似发出"泠"的一声脆响。

风从哪里趱来，穿厅过殿，灌进脖子，生生的冷。我听从导游的召唤，来到了碑亭。徐世昌手书的"大总统袁公世凯之墓"碑刻，由赑屃伏身驮着。这是一块挺大的石碑，有 5.5 米高，亭子上镌刻着几条蟠龙，仍在翱翔云天，很有一番气派。

袁世凯一生戎马倥偬，中华民国临时大总统，当是他生涯的巅峰。身着陆海空大元帅服，佩长剑，面南挺立，再挺立也不会让不到一米六的个子长到一米七。然而他还是显出挺拔和威武。这一刻，是他用 40 余年的拼杀换来的。从 13 岁写下"大野龙方蛰，中原鹿正肥"的壮语始，历经朝鲜驻军十二载、天津小站练军、清末近代化改革、谈判共和，这个气血方刚的河南汉子，做得倒也真像一个汉子。

是否每一次巅峰过后，人心总会被欲念所牵引、控制？终于，一种皇帝滋味的诱惑，让袁世凯悍然于 1915 年称帝。然而，仅仅享了 83 天的洪福，那个帝号就同那身衣裳被挂在了短命的耻辱柱上。

寒风摇荡着凄厉地叫，巢中一根短枝落下来。老鸦扑到地上，又支棱起翅膀，钻进了它的巢穴。苍松翠柏，风中似有些歪斜。文臣武将，以一尊尊石人的形象，表明无奈的威武和寂寞。一个乱世，在历史的长河中激起的那圈涟漪，渐扩渐远，而后，一切都安静了。

1908年摄政王载沣上台，袁世凯被迫下野。安阳的洹河上，细雨霏霏，一个闲了的人，孤舟蓑笠，垂钓苍茫。也许，从那个时候，袁世凯就有了死后归葬何处的打算。生得不舒服的人，是会想到死的，尽管他十分不愿意赴死。洹河还是不错的，这条古老的河流，给了他暂时的慰藉。"散发天涯从此去，烟蓑雨笠一渔舟。"这或许就是他葬在安阳的真正理由。然而，一生中还没有如此地悠闲过，他的心真的被这洹河中的鱼钓死了吗？"百年心事总悠悠，壮志当年苦未酬。野老胸中负兵甲，钓翁眼底小王侯。"惆怅、失意的背后，分明还有一种不屈的祈盼。政客的性格驱使他重新上路，哪管它正气悍气，丑事功事。签订"二十一条"，作废共和。袁世凯，这个还算叮当作响的名字，又被他自己狠狠地甩上了几道永远抹不去的污浊。

该怎么看待袁世凯呢？当然，历史早有定论，但是，在那些定论的夹缝里，我仍能看到一个武人的文才。说实话，他的诗写得还是不错的，也许这与他睥睨天下的胸怀有关。"我欲向天张巨口，一口吞尽胡天骄。"弃笔投戎的他，要用这丰沛的才华去当那擎天的磐石，使缺损之瓯重新变成理想中的完整。废科举、办新军、建学校、兴工业、筹铁路……应该说，袁世凯在逐鹿中原时为中华民族的基础事业也是有所作为的。

袁世凯的墓葬，在袁林的最后边，外砌石墙，内包水泥，长苇在上面肆意地摇晃，冬天了，仍有半膝高。护佑墓穴的是高大的罗马柱，饰有苍龙、猛虎的铁铸门，与前面的牌楼、碑亭、照壁形成鲜明对照。袁世凯千秋不灭的总统梦，被埋进了墓葬。

这兼而得之的梦，如此真实，而又如此迷离。上世纪60年代，随着一声巨响，成吨的炸药在袁世凯墓地爆炸。爆炸仅是掀翻了浮雕废土，在下面钢筋水泥的墓穴上，留下了一块丑陋的疤痕。历史，到底让袁世凯留在了洹河原上，接受时间的凝视与审判。

　　残阳在山尖折射出最后一道散迭的云霞。咿咿呀呀的倦鸟正在归林。曾经折腾过，曾经辉煌过，曾经懊丧过，57岁的袁世凯，如同一阵掠过苍原的风，呛啷中带着凛冽，遥遥地远去了。

驾校往事

去年夏天，我不得不准备和"汽车"这个家伙杠在一起。之所以"不得不"，是因为我儿子马上六周岁了，九月份将开始以一年级为标志的求学生涯。学校有点远，作为母亲，上下学接送，我责无旁贷。等到最后关头才学车，充分说明了我是一个有点懒散的人，也是不那么追求"物质"享受的人。我一向认为，车不过是一种工具，被时间赶脚的人才会急急巴巴地穿行在大街小巷。最金贵的永远是时光。所以当一些明星或身边有人开着宝马、凯迪拉克、迈巴赫制造出或多或少的动静时，我只报以微微一笑。

我报了当地最有名的一所驾校，离家一个小时路程，还好有班车。据说教练最多，通过率也最高。

报名的第一天，我果真见到了它的"繁荣"，光排队体检，就等了整整两个小时。队伍像长龙，一点点地蠕动，阳光投射出大量的热量，拥挤的人群中弥漫着一股汗臭味。

几个月的学车日子，为我单调的生活平添了许多生趣的火花。我们就像一个松散的班集体，来自"五湖四海"，有各色人等。闲了时，我们便侃大山，聊大天。回想起来，那真是一段最为逍遥无拘无束的时光。

先飞的 "笨鸟"

"我先来，我先来，真不知道我能不能学会……"每天早上，刚撑好遮阳伞，刘芳芳就一个箭步跨上驾驶座，一边嘟哝着。我们自觉地坐到后排，挤到一起，乖乖地等待着。我们知道，我们"争"不过她。

她的脾气是出了名的急，也确如她自己所说，她是一只"笨鸟"。怎么个笨法呢？按教练的说法，都两天了，她还不知道方向盘往哪个方向打。入库的时候车屁股左偏，她的手风驰般往右转，结果右屁股一下出了线；坡停的时候闪电一般窜上去，猛一踩刹车，一车的人都被颠得五脏俱散，同时发出一阵阵惊呼；直角转弯的时候每每压到直角……"哎呀，打错了打错了，应该朝这……"教练瞪她一眼，她兀自望着前方，不停地自我解释，"我明明知道是往这个方向打，结果手一偏……"她一边打方向盘一边自言自语，似乎不说话就没法证明自己的存在。她如此忘我，全然忘了身后我们这些人。在她不停的唠叨和持续的颠簸中，有人打起了小呼噜。不过，我们很快又被惊醒了，是教练如雷的吼声——"你，……我要成立个'小偷公司'，专派你去掏包，你手忒快！"我们都笑了，刘芳芳也不好意思地笑了。

她是做生意的，听说开了一家首饰店。她中专毕业后在深圳一家电子厂打工，待了七年，之后回到老家南昌，经人介绍，和老公一见倾心、结婚成家，双双来到泰城。和各种各样的人打交道，她的心野起来，性子也说一不二。我们在车上，她不时地谈业务——"啥？不行，妹子，我实话告诉你啊，我们的黄金回收价就是全城最高的，不信你走遍大街小巷去问问！姐不骗你，姐骗你干啥？我们要保证你的收益对不，我们自己的利润，说实话，只有针尖儿那么一丁点……""一克拉？好，等我回去看！不不，莫桑钻我们绝不入店的……"她一边说着话，一边盯着前面。"还有几个到我?"放下电话,她急切地问。"还有六个。"我懒洋洋地说。事实上,她刚从驾驶座上下来。

中午我们到对面饭馆吃饭。留学生王依刚要请大家,刘芳芳几步来到柜台前:"我要一份牛肉拉面外加一个煎鸡蛋!"说罢拿出手机扫码。我们也只好个人支付个人的。

老板是新疆人,大热的天围着头巾,凹眼窝高鼻梁。我们便说起新疆的风物。刘芳芳把筷子一拍:"老娘到现在还没去过新疆呢!"

我打趣她:"你是老板娘,到哪儿不随你的自由?"

谁知她一颦眉,牙一咬:"哪有时间哦,每周我都得跑趟济南去进货,有时候晚上九点多才关店门呢……"

"那多没意思,人活着,也得学会享受。"王依说。

刘芳芳的眉头拧得更紧了,她深深地叹口气:"妹子你是不知道缺钱的滋味儿,我可经受过。在深圳那七年,我当采购,风里来雨里去,一个月两千块钱,去了房租水电费,还剩个啥?看着大街上来来往往的车,女人们珠光宝气地走来走去,我就发誓,将来,我一定不能过得比别人差!我看出像我这种少文化的,在厂里混一辈子也混不成溜,干脆一狠心,回了老家。我想在老家或许有我发挥的地方。没承想,随着年龄一天天增长,爸妈老催我结婚。要是遇不到一个中意的,我才不结婚呢,才不想把自己捆到婚姻这根绳子上。结果你猜,我四婶介绍了一个青年,我一眼就相中了,多巧!"她咧咧嘴,"我老公有个亲戚在山东,说这边比江西好多了,于是我们就来了,安顿下来,想法开了一家金店。"

"开金店得需要很多很多本钱,还得注意防盗。"家里开着五金店的王依说。

刘芳芳又将筷子一拍,面条汤蹦出来。"谁说不是呢,我们起先开过化妆品店、水果店,都以失败告终,赔了不少钱。眼见着我们连肉都买不起了，我亲戚劝我们，说他知道开什么店永赚不赔。我抓住他的袖子说'快说'，他却告诉我开一家花圈店。呸呸，你们想想，多晦气！他越这么说，我们就越要争口气。我们不是没钱吗？偏要入最有钱最需要钱的行当。于是我们拿房子作抵押开了一家首饰店，不仅回收黄金钻石等首饰，还对外出售。"

"这相当于白手起家了。"刘芳芳的话勾起了王依对父母亲的回忆，说自己的爸妈也是从两手空空，到现在的盆钵满满。多不容易。

看着他们在那儿讨论店铺，诉说自己店铺的利润，身为企业小员工的我心里不由闪过一丝艳羡，但我更明白，做生意的风险与盈利并存，一不小心，也会弄得个人财两失。有多少人因为生意亏本而走上了不回头的道路。做生意，实在是一门学问，也是心悬上悬下的考验。想到此，我心畅然。

刘芳芳果然说起自己的一次"险情"。"一次，有个客户定制了一枚结婚钻戒。你们知道，像'周大福''六福'珠宝这样的名牌，钻石贵上天去。我到批发的地方找货主，将客户的要求告诉他们，我兴冲冲地告诉客户，能给她省五千块钱。钻石拿回来了，果然光彩闪耀，把人的眼都要亮瞎了。结果后来，客户又找到我，打算退货，还说毁坏了他们对婚姻的美好冀望。哎呀呀，都过钻笔了，竟然是莫桑石冒充的假钻。我只好再三道歉，赔了一点五倍的价钱，才算了事……"

面条吃完了，她的话还没完。面条在她的嘴里动来动去，她的唾沫星子在我们面前飞来飞去。她时而皱紧眉头，时而开朗大笑。我们说："哎哟，马上一点了，又要分车啦！"她吃了惊似的站起来，抓起包，一个箭步窜到门外，回头对我们勾手："快、快呀！"

虽然她时刻"上心"，但是她的手就是不听使唤。一次次差错使得教练耐心尽失，有时甚至嘲笑她。得知可以"补课"，她便去交了九十元钱，以后的中午匆匆啃块面包，再次坐上驾驶座。大热的天，日头像火轮，眼前蒸腾起一片片的白汽。她捋一下头发，对教练说："开始吧！"

这样持续了几天，她似乎有了收获，说："笨鸟先飞，一点儿不错。多练练，手就听使唤了。"而教练，对她的态度也奇异地好起来。她偷偷地告诉我，她知道教练大中午的辛苦，每次加完班，都塞给他一百块钱。

她似乎有的是钱，也乐于把钱花到学车上。有次中午刚收车，她突然叫住教练，从包里掏出一个首饰盒，对他说："回去给您夫人戴！"教练推脱了几句，她使劲塞进他手里。

科目二考试前一天，我们几个人上了车。其中有两个新学员，她突然回过头，气势汹汹地盯住他们："你们下去，知道么，明天，明天我们就要上战场了！"两个新学员撇撇嘴，悻悻然下了车。这样，车上只剩了我们三个人，教练也不在，他在另一辆车上教授新生。

她看到那俩学员走远了，将手附到嘴边，悄悄地说："今天，咱们每个人练完一圈，不要回到起点了，免得那些新学员看见。咱们明天就要考试了，就得多练练。我猜教练也是这么想的。咱们就到侧方停车那里，接着起步，好不好？"我和王依你看看我，我看看你，点点头。

真是难得。平时一辆车里总坐了五六个学员，一时间，车里显得空阔，空调的风在我们身边漫溢，我们每个人，开了一圈又一圈。当我们行驶到侧方停车区的时候，我看到教练朝这边不止一次地张望，摇摇头。然而车被刘芳芳呼的一下开远了。

勤奋似乎并没有给她带来期望的回报，科目二她竟然挂了，只好又重考一次。这期间，我因单位的事情忙碌了一阵，隔了大半个月工夫。当我再次背上包，满身汗水地回到驾校，肩膀突然被人拍了一下。"嘿，又碰到你了！"是刘芳芳。

教练来了，我们准备上路学习。刘芳芳先上驾驶室。

她一个猛转弯，驶过的一辆大卡车刺耳地鸣喇叭。教练替她猛打方向盘。我们都出了一身虚汗。如果卡车不及时刹车，我们都将成为车下之鬼。"你……我要开个'小偷公司'，一定派你去掏包！"教练拍着车头说。

　　我们去领证的那天，又相遇了。几个人像是患过难的战友，相约到对面餐馆大吃一顿，庆贺终于拿到了驾照。我们碰杯，说笑。刘芳芳忽然从包里拿出三个首饰盒，清了清嗓子："唉姐儿们，相识一场不容易，看看，这都是最时髦的金手链，我打七折卖给你们！"

"不一样的焰火"

　　我从没见过王依这么"圆润"的女孩。真的。整个像一个放大的吃得奶胖的婴儿，连腮蛋挤出的两条"法令线"都像。因为胖，她的眼睛就显得格外小了，还有嘴巴。所以，白居易大师"樱桃樊素口"的说法不一定准确。樱桃小口，照样可以长在一个五大三粗胖得滚圆的女孩身上。王依往人堆里一站，其他的人就得离她几分。胖会形成一种气势，也会对别人形成一种无形的压力。好似大山，立在那里，看得你有点儿发怵，实际上，是它的"胖"或"浑"闪着了你。胖的人，嗓门一般也大。你看电视上那些美声歌唱家，哪个是瘦骨嶙峋，哪个不生得一张好口？我注意到王依，不是用眼睛看到，而是听到。我听到一个"雄浑"的嗓音在和一个男孩子争论 F-22 与 T-50 的区别，一个说俄罗斯的 T-50 最好，一个说 F-22 是世界上的"猛禽"战机。我对战斗机不感兴趣。我侧过头，看到发出雄浑声音的原来是一个穿着黄T恤黑色超短裙的女孩，不禁感到惊讶。真是人不可——貌相。

　　学员们太多，很大一部分原因在于暑假。那些大学生们在家无事，便来学车，免得以后再拿时间学一场。有国内大学生，也有留学生。

王依是留学英国的女孩，十四岁就独自漂洋过海了，现在，已经是"老英国"。

有一次，车上人太多，我们便坐到凉亭椅子上等着。她似乎颇有些无聊，嘟囔着："学个车太慢了，我要去西藏，可不得十月份了？"我吃了一惊，问："你要去西藏？""是呀。"她说，"要不学车干吗？"学车干吗？在我看来，当然是接送孩子，上下班方便。可王依说，她学车就是为了去西藏去四川去云南，她要驾车走遍祖国的五湖四海。"那得多大精力，再说，一个人太危险了……"我说。

她瞥了我一眼，似乎有点不满意我的回话。"不冒险多没劲……"

我于是知道，我遇到了一个开朗的视旅游为生命一部分的人。我便不再答话，以免哪一句又引起她不痛快的反驳。她打开手机，翻到一张又一张照片，说："姐呀，你想想，人在这世上就几十年，不痛痛快快地玩一回能叫人生么？"我看到是她跳伞的照片。她张开双臂，嘴里喊着什么，像一只大鸟，在蔚蓝中飞翔。王依这时闭上眼睛，似乎又回忆起那完美的一刻。"啊，太美妙了。在天空中看到的世界，和在地面上看到的世界，完全不一样！姐你只有经历过，才能知晓其中的趣味。"我说我有恐高症，她又不满地说，"不试试怎么知道能否克服呢？有时候恐惧都是自己吓自己的结果。"我说："你还记得网上的报道不，说有一个女孩独自穿越可可西里无人区，最终命丧黄泉，骸骨都被动物啃了……"她笑起来，露出一口白牙，又抽抽鼻子，似乎我一副"孺子不可教也"的样子。她说："我当然知道有风险啦。但是越冒险的事越值得做。不瞒姐你说，我在英国跳伞，我爸妈一个接着一个越洋电话，我妈还对我哭。她知道，高空跳伞的人都是要签生死状的，出了事，没有人能负责。她怕我把小命丢了。但我还是要跳。不跳，我总觉得像缺了什么，在我漫长的一生中，这将是巨大的遗憾。我给我妈讲了这项运动的安全保障措施，她最后同意了。"她又闭上眼睛，"啊——我看到太阳像个大盘子从我身边滑下去。那时它正要下山。云彩飞过身边，好像我的衣裳。地下一片碧绿，城市像个火柴盒。城市外围的外围，就是大海。谁说大海是涌动的呢？它太平静了，静得能照出我的影子。时间似乎停止了。我只听到呼呼的风声。我真的像一只鸟，在飞呀飞。如果我不停下来，也许能一直飞出地球，飞到另一个星球……"

教练的呼叫打断了她的遐想。她睁大眼睛，揉一揉，似乎惊诧于自己此刻在驾校的立足。不过，一想起她的西藏梦，她很快跳上车，拉上安全带。

一般来说，在国外求学的人会比禁锢于小小世界的人心野。王依对这种观点嗤之以鼻。"明明是个性好嘛。"她摆摆球似的头，"我有个姐姐，比我大五岁，她就很文气。我爸劝她出国，她说不喜欢，就喜欢待在泰城。我真不明白，这么一个小城市，值得消耗一辈子？所以，我爸妈一问我，我立刻就答应了，十四岁，我就出去了。"

"我们寄宿在一户英国人家。她们天天吃汉堡烤肠，哎呀，别提多难吃了。不过，这能难住咱？我让同住的几个同学买来油盐酱醋和菜，自己做！她们吃得一个个涎水哈喇的……"她舔舔嘴唇。我们都相信她做得好吃，因为她把自己养得这么胖就是个明证。吃苦的人，身相也像根面条。

"那，你们业余时间怎么打发？"我不禁替她发愁。像她这么活泼的人，不可能一天到晚待在教室里啃书本。

"哈，我们的业余活动多着呢。我们四个人一起住。我们出去野餐，游泳，蹦迪……"

"要是叫着男朋友，就更有意思喽！"我揶揄。

她撇撇嘴，似乎这话根本就不是可值得提出的问题。"我对男生，可没一点儿兴趣。有一个山东的男孩，一直追我，还替我抄笔记，我就是不同意。那些男同学，我也没一个看上眼的。太熟悉了嘛！太熟悉的事物，就叫人没兴趣……"

"其他的人都有男朋友吧？"我想，她之所以没有男朋友，也许是因为别人配不上她的"身躯"。

"有啊，"她将手附嘴边，悄声说，"嗨，她们啥都跟我说，都拿我当姐儿们。我请她们吃大餐，给她们做手工，她们和男朋友一起聚会时，我还替她们圆场——我是个可让人放心的人啦。有时候，我们聚会到比较晚才会回来，他们爸妈不放心，打电话，女孩就嚷：'哎呀，我和王依在一起呢！'大人就放心了。我是她们的挡箭牌。"她嘿嘿地笑起来，阳光一照，牙白花花的。

她的爽朗也表现在对金钱的态度上，只要有机会，她总是抢着掏钱。不让她付，她就噘起嘴巴，似乎我们不拿她当姐儿们。她说，自己的父母都是农村人，父亲兄弟俩。因为供弟弟读大学，父亲辍了学，后来来到泰城，先打工，之后攒钱开了一家五金店。生意终于慢慢旺盛起来。"就是他们不再赚钱，这辈子也不差钱了……"王依拨拉一筷子菜，"不过我那个叔叔呀，真可气。他读了大学，在一家企业工作，不好好上班，非要到我爸店里分一杯羹。任务完不成，就知道打游戏。前年他出了车祸，我爸妈给他掏钱看了病。后来我婶做子宫肌瘤手术，也是我们家给出的钱。等于一个店养着两家人。"她摇摇头。

"等你大学毕业，你就接收你爸妈的店，把你叔这样不干活的人撵出去！"刘芳芳同为开店人，对她叔的做法很是气愤，同情地对王依说。

王依掐着自己的指头，那里戴了一个蝴蝶结的水钻戒指。"我才不呢，我要自己创业！重复爸妈的生活多没意思？我从小就看着他们进货出货。瞧瞧，"她把胖胖的指头往我们面前一伸，"这都是我自己批发的，好看吗？嘿，其实，我早就在做生意了。你们没看我朋友圈，我开了一家微店。有时候，我会批发点发夹、头绳、项链、戒指什么的去卖，卖得还不错呢！"

我们瞠目。看不出，她贵妃样的身躯里埋藏着一颗叛逆的心，放着家里好好的生意不接，要从头绳开始自己的宏图大业。她似乎看出我们的惊讶，一笑："嗨，不过以后也说不准，万一我又想做服装生意了呢！"

考完科目二，我们见面便少了，这中间有二十多天。没想到，在科目三考试等待处，我又见到了她。是她吗？或者不是？我呆了半晌。不过，从那超短裙下胖胖的藕腿来看，是她无疑。她的脸胖了许多，确切地说，是一侧脸颊奇异地鼓起，像被蜂子蜇了。看见我，她皱皱眉，给我一个飞吻。我关切地问她怎么回事。她叹了口气："唉，别提了，科目三约不上，在家太无聊，我就和一个发小到了露营地。我们带了帐篷、野炊工具。我们找了一块平地烤了羊肉串，这时我看到树上有个野蜂窝。我想里头肯定有蜂蜜。我就往树上爬。爬着爬着，眼前突然一阵黑，嗡嗡的声音把我环绕了。我的脸立刻像着了火，疼得要命。我跌下了树，还好没有摔骨折……"她抽了一口气，似乎在为自己的冒险行为而懊恼。不过旋即她又眉飞色舞地说，"哎呀姐，我可从来没吃过'这样'的苦头，我终于知道被蜂子蜇是啥滋味了！这辈子，再也没有遗憾了！哎哟……"她痛苦地摸摸腮。

我问她拿到驾照真要去西藏吗，她一跺脚，坚定地说："当然要去西藏啦！"

最牛的矮个子

谁能想到呢，个子那么矮的人竟然也会开车。刚摸车的时候，我们老是出差错。教练气急了就说："唉，你们这水平，还不如人家董飞一个手指头！董飞是谁？董飞是个不超过1.5米的矮个子，脚刚能够到油门、刹车，都可以当你们的老师了！"

科目二考试前几天，我们有幸和董飞——传说中的"大牛"在一辆车。我不由得将目光瞥向他。面貌英俊，上身穿着雪白的T恤，打着外腰，下身是条休闲裤，腿却比别人短了好大一截。

　　董飞坐在驾驶座上，胸有成竹地操作着。车子如磐石，稳稳地过完一个又一个项目，没有任何颠簸的感觉。刘芳芳张着手："哇呜——哇……"

　　他下了车，刘芳芳央求他坐到副驾上，为她指点。董飞犹豫了一下，拉开车门。

　　刘芳芳努力学着他的样子，时刻保持镇定。忽然，她哇哇叫起来："哎呀，应该朝左打，瞧我这手……"董飞轻轻地一转方向盘，说："你慢点，慢一点才好操作。"刘芳芳走弯道行驶："哎呀，点过了！"车子压到实线上，董飞一回方向盘，车子转瞬回了来；刘芳芳上坡，使劲一踩刹车，我杯中的水晃荡到腿上。董飞说："慢点，太紧张了就容易出事。慢了才好校车，一次两次，就形成习惯了。校车有时比硬背更管用呢。还有，教练教你的点并不一定对着你的路子，你要按自己的视线来。比如你刚才停车的时候，铆钉太黑太小了，不好把握，你完全可以对照左后视镜，看和白线的距离。这样更显眼。你再试一次？"

　　我们每个人都试了几次，果然他的法儿比教练的更好用。他嘘个手指，说是自己琢磨出来的。

　　董飞下了车，看到地上不知谁扔了块果皮，捡起来，走向不远的垃圾桶。阳光照着他。他走不出自己的影子，影子实实地压着他。王大哥也走过去，把一个矿泉水瓶扔到垃圾桶里。他们转过身，两人的影子一前一后，一个如此矮小，一个如此高大。

　　我不知道，董飞是不是为他的身体"残疾"而难受过。他是个挺有头脑的人。有头脑的人思考会更多，体味到的痛楚也多。何况，他们本身又极端敏感、自尊。

董飞坐到凳子上，冲大家笑笑。笑容像阳光，充满自信。

我说："董飞你平时都做什么呀？"我不敢问他的具体情况，我不确定，像他十八九岁的年纪，会不会在上学，还是早已经踏入了社会。

董飞说："我念山东大学，大三了，光学习就够忙的，不过，我平时也喜欢下围棋和摄影，去年，我的摄影作品还拿了全国的一个奖呢。"

这真让我刮目相看。他居然读着我落榜的理想学校。高考那年，我立志刻苦奋进，一定要考上山东大学的法律专业，却以五分之差落败。

董飞笑笑，说自己这个情况，就格外需要努力。"我每天早上五点就起床了，先背背单词，复习一下学习的内容；晚上十一二点再睡觉。姐，不瞒你说，我年年获得一等奖学金呢，要不是身高问题，我真想竞选学生会主席……"

董飞考试的那天，下起了瓢泼大雨。教练坐在我们身旁，不住地摇头，说这下悬了，考官也不让往后视镜放遮雨板，董飞不知能不能过。

雨从天上狠狠砸下来，在地上溅起水花，达半米高。水花一朵一朵，似乎不甘心于短暂的盛放。很快，驾校的白线也没了踪影。我不由替董飞暗暗着急。

人的命，也许都是天定吧。我难以想象董飞求学的日子。顽童时期，尚不知生活的艰辛，只追求朴素的微小的欢乐。一旦入学，知晓了世界之大，人生之漫长，便不由自主地思考起自身。再加上学习的单调，同学们往往喜欢戏谑笑骂。我不知，有没有人拿他的身体开过玩笑。我记起我一个小学同学于美莲，脸上长满了斑，同学们就叫她"于麻子"；一个男生罗圈腿，同学们拍着手说他的腿能塞进一头老母猪，送了他个绰号"大圆环"；一个女同学戴着厚厚的眼镜，摘下来四处抓瞎，顽皮的学生故意抢走她的眼镜，喊"四眼、四眼"……几乎每个人都有绰号。缺陷越明显，绰号起得越方便，流传也就越广。我记得有次我内急去厕所，一下摔到地上，撞坏了门玻璃，额上划出一道道血痕。我挣扎着坐起来，同学们笑得前仰后合，似乎我刚刚为他们进行了一场难得的、好玩的演出，我的眼泪不由得哗哗地流下来。

雨丝毫没有停歇的意思。半小时过去了，一个小时过去了，董飞依然没有消息。今天一共四个人考试，也许他排在最后一个吧。

暴雨的天不适合练车，我们就坐在亭子里闲扯。"你们说，董飞大学毕业后会做什么？"

一个在景区工作的女孩说："什么专业干什么呗！"

李姐摇摇头："你们想得忒简单了。有些单位，可是很排斥矮个子的……"

"矮子"这个词此刻听来如此刺耳。上苍是这样的不公。我看过一本书，里面有一群矮个子，替女主人公抚养被抛弃的孩子。那些矮个子单独住在一个地方，常人不愿意去那里，那个孩子被抛到那里，也许不会被发现。有一天，女主人公以为孩子死掉了，却惊讶地发现一群矮个子在抚养她，把她视为亲生。矮个子的人虽然矮小，但可能比常人具有更多的同情心和爱心。

"土行孙——董飞适合演电影哈！"餐馆老板小周说。

我们沉默不语。

不知过了多久，董飞撑着一把大伞朝我们挪过来。我们抬起头。"90分！"董飞做了个手势，甩甩伞上的水珠，对我们一笑，"可能是走弯道压线了，雨太大了，实在看不清。你们考试的时候如果也下雨，一定吸取我的教训，千万别着急，把握好方向盘，即使看不到线，凭平时的学习，也能做到大差不差……"

我突然觉得，即使雨下得再大，天漏了，董飞也会及格的。

赞教练

　　赞教练很牛。偌大一个驾校,自动挡的学员都归于他。其他教练一人只有两台车,赞教练有三台。就是这样,赞教练还觉得不满意。人来人去,人来人去。赞教练教了一茬又一茬学生。赞教练说:"知道么,我的弟子还有从上海来的呢。上海是哪儿?——国际大都市!咱这里有人情味,通过率也高,人家就是奔咱来的!"

　　赞教练很黑。黑得像块炭。不仔细看还真不容易分辨五官。赞教练说,别看咱现在黑,想当初在潍坊厂子的时候,咱也是一白嫩小生。后来当教练,天天抹防晒霜,忒烦了!男人黑点怕啥?太阳补钙嘛,就让明晃晃的太阳当咱的营养霜好了!对了,要是电视剧组招演员演包公,你们可一定推荐我去喔!

　　赞教练很幽默。被他骂熟了,我们都喊他"老赞"。一个学员拍拍他的背:"老赞,赞比亚是你哥还是你弟?"赞教练低下头,认真地想了老半天:"当然是我哥啊,国土比我大,脸面比我俊,派头比我足,就是总统还得朝他叩头。"有学员开车走了神,车子一直往前、往前,赞教练一句话不说,过一会儿突然拍下大腿:"哎呀到美国了!"……

　　赞教练很勤奋。别的教练凉亭底下放张躺椅,身子一倾,扇子一摇,眼睛一闭,偶尔睁开眼看看学员的练习情况。赞教练不是在这辆车,就是在那辆车。别的教练将学员聚拢到一起,统一对点对线,赞教练让学员一个个分别上车,到了点他下来,问这点在你什么地方?一定要记牢!他说这叫"因材施教"。

　　赞教练爱抽烟。不抽烟没法过。点上一根,烟雾袅袅,车子似乎在仙境。抽得多了,便不停地咳,咳得多了,就朝窗外吐唾沫。有学员提出关心性的抗议:"老赞,再这么抽下去,你的肺都成黑的了!"赞教练眯起眼，吧嗒一口烟："咱这叫'表里一致'！不抽烟，人活着还有什么趣味？"

赞教练脾气很暴，像个火药桶而不自知。学员初来他训，说这么笨不懂打方向盘；学员学得慢他训，说像只蜗牛；学员学得好他还训，说别骄傲，骄傲了就会飘；学员过了他才萎下来，怎么样，老子要不训你们，你们能过？一次，他挺委屈地对我们诉苦："一个小姑娘，坡起老是出错，我才说了她几句，眼泪就哗哗下来了，唉，现在的孩子哟……"我们说老赞，你回家也教教练练。赞教练一昂头："去，回家我可就成了奴才，老婆孩子跨我背上，只有在这儿，咱才能找到当主子的感觉！"

赞教练有点"愚"。驾校空地多，闲着白闲着，有人便偷偷种上了蔬菜。春天收豌豆，夏天收洋葱，秋天捧秋葵，冬天抱大白菜。我们问："老赞你种的啥？"赞教练嘿嘿一笑："我呀，种空气！老种菜，谁还有心思教你们？"

赞教练还有两年就退休了。他耸着膀子，跨着步子，打着手势，指指这个，点点那个。李姐拉住他袖子，说教练你歇歇吧！赞教练一转身："嗨，还有两年，我就得老歇着了！"赞教练说，他的儿子娶了媳妇，后年，就要生个胖娃娃，他要回家逗娃娃。我们便笑："老赞，娃娃看到来了个'黑熊怪'，吓哭了怎么办？"……赞教练一瞪眼，旋即也笑了。

月　桂

一

　　一个月色朦胧的晚上，我在萍家写作业。突然，萍的爹爹从外面进来，对我嚷："红，快回去，你大娘和你爹他们打起来了！"我拔腿就往外跑。一边跑，一边想：我大娘，那个奶奶口里的"悍婆娘"，为什么要和我爹打架？我爹平时忙着出车换大米，跟她很少有扯啰么。我一气儿跑回家，发现铁将军把着门。呆立片刻，我一拍脑袋，又往大娘家跑去。

　　果不其然，在大娘家门外的空地上，正进行着一场"械斗"。我爹和三叔一伙儿，大娘和大爷一伙儿，每个人都叉开腿，弓着腰，都使劲夺一根棍子。棍子一会儿偏向我爹和三叔一边，一会儿又偏向大娘大爷。星星很稀，月亮也很模糊，但我从那"瘪三，给不给"等骂骂咧咧声里，仿佛看到几个人暴突的青筋、瞪得要掉出的眼珠子。

　　我溜到墙根下。我娘和三婶也在那里，她们没有参加"战斗"，却在喊喊嚓嚓。她们抱着胳膊，看得出，既兴奋又紧张。垒哥哥和兵兵也在那里。垒哥哥摩着掌，似乎要走上前来助阵。兵兵却缩在后面。

　　"该给就得给！"我爹大声说。"谁说没给？谁说没给？"我大娘尖着大白嗓子反驳。这个叫霍月桂的女人，头发芟煞着，如果不是那根棍子掣住了她，我怀疑，这会儿她一定会扑到我爹和三叔头上。直到这时，我才从他们的骂骂咧咧里，知道了事情原委。奶奶在三兄弟家轮住，每年的粮食由三家一起凑。今年，大娘家居然少给了奶奶20斤小麦。20斤啊！能做成多少白面馍馍，压成多少白丝丝的面条哇？我奶奶努着嘴，戳着拐杖头，到三叔家一阵嘟哝，又来到我家一阵嘟哝。我爹和三叔气不过，便来找大娘大爷"理论"，话不投机，发展成了"械斗"。

"给？也要平等才行！"我耳边一炸，三婶的声音炮弹一般飞出来，炸向空中。大娘怔了一下，棍子被往前一拽，她的脚步一踉跄。大娘朝墙根扯开嗓子："垒、垒，你死哪儿去了?!"垒哥哥跑过屋檐，却被我娘拦住了。我看看兵兵，六岁的他站在那里，小脸像雪一样白。

争斗声已经惊动了不少邻居，他们纷纷赶来劝架。然而，两队人就像打了鸡血，在众人面前势必要争出个你高我低。有人飞快地去喊村支书。

村支书跑来了，他嘶吼着叫大家住手。可是，居然没人肯听他的，棍子在夜幕里嚯嚯有声。村支书勇敢地走上前，把住棍子。突然，他"啊呀"一声叫，腰上挨了一下，倒在地上。

"械斗"，终于停止了。

二

我爱去大娘家里玩。大娘家有不少小人书，我一去，就找出一本。正是仲秋，玉米绢子铺满了院子。大娘坐在蒲团上，我也坐在蒲团上。大娘的手上上下下，鸽子一样翻飞。那些看似没用的玉米绢子，会变成一只只筐子、篮子。垒哥哥还没下学，兵兵这时也没出生。

玉米绢子像一团团白云，大娘像坐在云上了。灰的衫，绀的裤，云像被戳了个窟窿。大娘的手一刻不停地拧、束、拉……筐子的模样渐渐显出来。拿到集上，每只可以卖三四元钱，运气好的话，一天可以卖五六只。

看书累了，我揉揉眼。我手里是本《宝石头》，说一个人得了块能预测天气的石头，很多人眼馋，包括大尚书。大尚书动用手中的权力硬把石头弄到了手。他十分得意，请来亲戚朋友欣赏这石头，石头却不给面子，再不吞云吐雾了。大尚书一怒之下将石头摔成了八瓣儿。找到石头的人知道石头没了，急火攻心，也疯掉了……

夕阳一点点下落，先落到梧桐树丫上，又一出溜，滑到屋檐上。云像蛋黄被扯碎了，淌得到处都是。一会儿，夕阳又坠入山中。一切，被暮色吞没了。我站起身来。

大娘望我一眼，说："红红，要走啦？再玩会儿吧。"

我又坐下来。我不明白，自己为什么这么听大娘的话。我娘叮嘱我："少去你大娘家，她那名声！"

大娘的名声在村里是不大好的，原因就在于她不孝顺。不过，这似乎也不能完全怪她，谁叫奶奶有时也不像个奶奶呢。

奶奶这年住在大娘家里。大娘大爷用预制板搭了个临时棚屋。一日，奶奶从棚屋里走出来，端着一个瓷盆。瓷盆里放着些衣裳。奶奶用瓢舀了清水，倒进盆里。盆里立刻灰塌塌的了。大娘正好经过，扭过脸。奶奶弯着腰，使劲搓着衣裳，水变成黑乎乎的了，散发出一股冲鼻的味儿。奶奶将水"哗"地泼到阳沟，大娘捂着鼻子进屋了。没过多久，村里便有了闲言，说奶奶身上的灰足有一拃厚，要是头发榨一榨，准保能榨出一桶黑油来。奶奶颠着小脚，瘪着嘴，走过大娘身边。大娘低着头，装作没看到她。

我娘说，爷爷早逝，奶奶当惯了家。听说大娘刚进门时，奶奶以为得了一个顺顺从从的媳妇儿，老支使她。大娘却不听她的使唤。一来二去，婆媳俩的矛盾就种下了。

　　大娘家的院子像个花园，种满了月季、美人蕉、一串红，墙角还爬着蔷薇，大门处有两株石榴。屋子里也是光溜溜的，玻璃能照出影子，地上连一粒灰都没有。因为家具没有几件，显得屋子更大而空旷了。大娘得了空，会给我扎小辫。她拿一把木梳，将我的头发分成三绺儿，拣起其中一绺儿，刷刷刷，在辫梢套上皮筋，又拣起另一绺儿……没多久，我头上多了三只小小的麻雀尾巴。大娘把我往镜子前一推。镜子里的那个人胖乎乎的，小嘴像樱桃，鼻子如一只白净的小喇叭，眉毛像两道漆。我欣赏着自己，蓦地发现大娘的眼睛也牢牢地盯着我。她的嘴一张一合，幽幽地说："红红，你大娘我，当初也是有过一个女孩子的，不过生下来没多久，就死了……"我抬起头，大娘的眼里盈盈的。我搓着手，视线离开镜子。

　　天黑得像个锅盖了，我迈开双脚。大娘准备下厨房了，让我第二天再来。

三

　　这天，我刚走进大娘家，就被奶奶拽住胳膊。她把我拉进棚屋，关上门，努努嘴："那个婆娘，你少和她搅和！"

　　我望望窗外的月季花，白的、粉的、红的，漫漶着，像融化的彩色雪糕。蜜蜂和蝴蝶不停地飞来飞去。我想起屋角那本《孙悟空三打白骨精》，吞了一下口水。

　　奶奶捏一下我的脸蛋："臭妮子，听到没？"

　　我咧一咧嘴。

　　奶奶说："你大娘，自她进门起，我就知道，是个强梁人儿……"

我又望一眼窗外。蜜蜂和蝴蝶在一点点吮噬着"雪糕",花儿似乎小了一些。奶奶在枕头下掏摸了又掏摸,找出一块方糖,塞到我手里。我剥开糖纸,填进嘴里。甜味弥漫了整个口腔,我感觉自己要醉了。

迷蒙中,奶奶又说:"哼,听听,她名字叫'霍月桂',就带着刚硬哩!要不,她老欺负你大爷?"

我睁开眼来:"大娘哪欺负大爷了?"

奶奶撇撇嘴:"还要咋欺负呐?我都瞅见啦!有次,我大儿想去黄楼镇逛庙会,他衣裳都穿戴齐整了,还换上了那双簇新的黑绒面鞋。可那婆娘说:'有这工夫,还不如去坡里锄锄地哩。'结果呢,你大爷只好脱下新衣裳,换上旧的,扛起锄头下地去了……"

奶奶的嘴巴像个筒子,源源地飞出一些话。我咂摸着糖,甜味化成一汪湖泊了。

奶奶呷了下水,接着说:"这个婆娘,管得你大爷死死的,她还管垒咧……"奶奶抽了下鼻子,鼻梁上现出三条深深的皱纹,又说,"你大爷可是一表人才,个头都比那婆娘高一个头!那婆娘,像个矮矬子,腰粗得像水桶,腚像磨盘,就这样,还老嫌你大爷干啥啥不行。要不是你大爷天天出去干建筑,她吃风、喝风呐?"奶奶的语调高了几度。我瞅一眼屋外,还好没人。

"她还教训垒呢,我那宝贝孙子,小脸都被她戳青了!……"奶奶喋喋不休着。方糖的最后一点甜味消失于牙缝,我逮个空,溜到门外。

四

麦子黄了。麦子一黄,过不了几天,就得收割了。"麦收不要风,久雨没收成。"这时节,家家户户都出来了,男女老幼,提着镰刀,带着干粮,抢收小麦。

我也帮着割麦子。腰背弯弯，镰刀弯弯，一掣，一拢，麦子就到了手里。我们堆到地上，放多了，就打成捆，运进场里。我爹不再出车了，我娘也不再做缝纫，都在汗流浃背地干活。

很快，我们便发现，大娘家的地里，居然只有她自己。她穿着黄衫子、灰裤子，握着镰，头也不抬地割着。

我爹我娘对视一眼，摇了摇头。

大爷一定是又去干建筑了。这个时候干建筑，得不偿失！不过，我大爷除了干建筑，还会干啥呢？他不像村里的男人。有的男人在镇上卖二手铲车捣腾捣腾，能挣不少钱；他也不像村里的谭木匠，提着凿子锯子四下里转转，一年下来，也能攒一些钱；也不像我爹，开三轮车，虽然早出晚归的，总能挣下一些。他似乎只能干建筑。有次，我大娘拿出自己的嫁妆给他租了个铺位卖东西，他望着那些食物，羞红了脸，再望一眼人群，脸红得都能斗牛了。没多久，东西全馊了。我爹和三叔说："大哥，是个草包！"

垒哥哥也没在地里。他忙着上学，却是个榆木脑袋。大娘一次说："我再生呀，一定要生个红红你这样的闺女。"

日头不紧不慢的，人的影子一寸寸挪着。空气又热又干燥。麻雀不住盘旋着，啄食丢下的麦粒。蚂蚱、蟋蟀们跳来跳去，像一道道闪电。刀螂则停在麦蒿上，一动不动，仿佛长在了上面。我们的肚子咕咕地叫起来。我们陆续走到地头，打开干粮袋子。

地头上人越来越多。有的骂着老天，像个蒸笼；有的干脆将汗衫脱了，露出黑黝黝的脊背。大家一边吃喝，一边说笑。人群里，并没有我大娘。大娘家的地才割了一半，她依然在那金黄的麦浪里，像一只瓢虫贴在上面。

人们聊够了，不知不觉把话题扯到大娘身上。王小柱家的说："这霍月桂，不是老对人谝她鼻子上那颗痣么？说老天给她这颗福痣，将来,一定有花不完的好运气。俺咋没看出来呢?"人们笑起来,周坤家的说:"我屁股旁还有颗痣哩,按理说腰缠万贯才对!"人们的笑声要把空气震碎了。我再一次盯住大娘。大娘这时远了一些,像只小蚊子了。弥河在远处闪着光,她似乎要割到弥河里去。我娘说:"哎,平心而论,我嫂子够勤苦的,那个家里家外,还不全靠着她?……"

歇了一刻,人们又到地里忙碌去了。天气越来越热,人们戴着苇笠,低着头,有一搭没一搭地割着,精气神似乎全被烤化了。谁也没有注意到,大娘到底去地头吃饭了没有。

几天后,人们将麦子运到场里,借着风扬粒,大娘家的麦子才陆陆续续运过来。

五

谁能想到呢,大娘又生了个儿子。我奶奶鼓着腮帮。在乡下,生两个儿子就意味着给他们盖两座房子。这可是一笔烧钱的买卖。

这个叫兵兵的小男孩窝在大娘怀里,大娘一边奶着孩子,一边呆呆地望着前面。前面是一些牵牛花,红色白色缠在一起,牵牛花根处蓬着一些狗尾巴草。忽地,草里跳出一只烟灰虫。大娘抓起一块石头,使劲掷过去。烟灰虫没命地逃走了。

兵兵长大后,十分胆小,性情也有点像女孩子。除了长着和大娘一样的眉毛、有点圆的眼睛,还有个不小的鼻子,实在瞧不出,他到底算不算大娘的孩子。

一次,我们小伙伴们跑地里玩,兵兵也跟在身后。地里插着个脏兮兮眼睛嘴巴似窟窿的稻草人。它直直伸着两只手,破衣烂衫缓缓拂动着。我们跑上前,捏它的鼻子,戳它的眼睛。兵兵却没有跟来。他捂着脸,张开指缝,窥一眼稻草人,又很快合上手指。我们哈哈笑着,冲他勾手，让他也过来。他干脆一扭身，跑远远的了。婆子媳妇们也喜欢逗弄兵兵。大娘让他去小卖部打酱油，他拎着瓶子，沿墙根走着。一个婆子看到他，高声问："兵兵，你长大了，要娶个啥样的媳妇呀？"兵兵红着脸，嘴嘬着一根手指，不敢再往前走了。婆子们一阵大笑。然而酱油是不得不打的，兵兵只好贴着墙根，像一只小蜗牛，一步一步地移动着。婆子们的笑声已响成一片。

再大一些，兵兵跟着我们捉天牛，逮磕头虫，抓知了猴。夏季的夜晚，我们打着手电，在一棵棵树身上照来照去。知了猴像树的一个个瘤子，挂在那里。它们在做艰难的蜕变。壳裂开来，一个小生命一点一点地拱出来，半晌后，它抖搂抖搂翅膀，飞走了。我们要赶在它们变成蝉之前捉住它们。光像一个个隧洞，来回穿梭着。每捉到一只，我们便发出一阵欢笑。一晚上，我们差不多能抓十几只。回到家，我们将它们扔火里，吃它们香喷喷的肉。兵兵却不，他不舍得吃掉。他捧着知了猴来到小卖部，一只可以卖一角钱。他把得来的钱全交给大娘。他还帮大娘提水桶和煎饼糊糊。大娘有时说："我兵兵，比个闺女还省心咧！"

六

垒哥哥学习不好，大娘让他退了学，和大爷一起干建筑。他身材挺壮，在建筑队，可以上大梁，合瓦片。风里来，雨里去的，倒是勤苦。

兵兵一上学，大娘就去劳务市场了。

大娘家的压力是显而易见的。人这东西，就像蘑菇，只愁生，不愁长，过上两年，垒哥哥就该说亲了。村里像大娘这样的人家，早就盖起了大房子，或翻盖了旧屋，有的还买上了小车。而大娘家，依旧是那几间瓦房，屋顶顶着一根烟囱，墙像白桦树的皮，斑斑驳驳的，家里也光溜溜的。这样的人家，哪个媳妇会看得上呢？乡里娶亲，也越来越讲排场了，大房子是其一，其二，男方如果没有好工作，总要人才出众才行。

　　一大早，大娘就蹬着自行车，来到镇上的牌坊旁。许多人都在那里。天很冷，大娘抄着手，跺着脚，勾着脖子，呵出的气息成了一团团白雾。时间显得漫长，令人焦躁。一个要工的来了，大家便冲上去。一日，王小柱来我家借夯，说起大娘，比划着说："哎哟哟，你大娘，俺还没见过比她更能说会道的人呢！大家都等在那里，要工的一来，你大娘像支箭，挤到前边，哇啦哇啦，哇啦哇啦，说她会抹墙合瓦呀、栽花种草呀，会照弄婴儿呀、侍候老人呀……仿佛这世上，就没她不会干的！唾沫星子都喷俺脸上了。结果呢，人家就将她给挑走了，剩下俺们这么多人干瞪眼……"

　　大娘一天天早出晚归，脸像个瘦干的芒果了。但她的嘴角总是挑着，似乎有无数高兴的事。

七

　　奶奶和大娘两个人，就像从刀锋上赶来，时不时擦到一起。大娘嫌奶奶太脏，走过，风都带着一股味儿。她还绘声绘色地说，要是奶奶拉一泡屎，臭虫都得逃远远的。我奶奶呢，嘴上可以挂三个油瓶，拐杖头"咚咚"敲打着，到街上编排大娘去了。

　　一天放了学，我到大娘家里玩，奶奶的棚屋静悄悄的，一股香味传来。我猫上去，一下打开门。奶奶似乎吓了一跳，双手倏地往被窝里伸去。这引起了我的好奇。我掰她的手，她不肯松，骂我"臭妮子"。这时，兵兵听到声响，也跑进来了。我俩一左一右掰她的手。奶奶的手藏在被子底下，嘴里呜啦着："小犊子！"我朝后一指："奶奶，你看那是啥？"奶奶扭过头。我趁机掰开她的手，原来手心握着半块香喷喷的桃酥。我抢出来，咯咯笑着，跑到屋外。

一日，大娘来到奶奶屋，告诉奶奶，她最好去姑姑家住一阵——在闺女家多好呀，吃好的，喝辣的！大娘学着奶奶的语气，又说，垒快要说媳妇了，房子得翻盖，东西没处放，所以，奶奶最好离开这间棚屋。奶奶一听，把着门框，跺着脚喊，让她搬，除非把她的腿砍断！

大娘自然是不敢砍奶奶腿的，不过，她开始将堂屋的东西陆陆续续搬出来，先是放到南屋，屋顶快堆满了，就又放到棚屋一角。衣裳、被褥，后来是凳子、洗脸盆……奶奶还是抗拒着，像枚螺丝钉，紧紧拴在螺母上。后来，垒哥哥和大爷的建筑队进了院子。他们堆沙子，和水泥，码砖块。小院里热闹起来，一天到晚嗡嗡的。奶奶没法儿，只好让我爹把她送到了姑姑家。不过，走的时候，奶奶扬言：大房子一建好，她要挑一间最敞亮的住。住这里，是她永远的权利！

八

垒哥哥结婚，应该是大娘一生中的高光时刻。新娘是王坟镇的，有一个哥哥，已经结婚，家里负担挺小。垒哥哥对这门婚事很满意，大娘大爷也满意。

早早地，我们就来到大娘家，等着迎接新娘子和她的家人。乡下人家，总爱凑热闹，院子早被围得水泄不通。我娘站在石榴树旁，频频瞟着我大娘。我顺着她的目光看去，嘿，这还是我认识的那个大娘吗？她花白的头发此刻乌黑黑的，一个"花卷"叠着一个"花卷"。脸很白，眉毛像涂了墨，嘴巴红猩猩的，像用红纸染的。她穿着一件簇新的褂子，胸前别着一朵红花，下身是一条中缝笔直的黑裤子，脚上套着双黑皮鞋。大娘似乎知道很多人的目光都落在她身上，时不时抬起手来，捋一下那些"花卷"。她一会儿和这个打打招呼，一会儿和那个打打招呼，咧着嘴。大爷呢，杵在院子西角，憨憨地笑着，露出有些发黄的牙齿。

我才不管这些哩。我等着新媳妇来，天上落下糖块，有时，还会有我们最馋的巧克力。我早已把整个院子、屋子扫视了几遍，看哪里抢糖最麻利。不得不说，大娘家的房子翻盖得挺气派，一溜儿砖瓦房，门口嵌着一道挺宽的玻璃长廊，长廊上摆着鸡冠花、一串红和朱顶红。阳光射进屋内，依稀可以看到红色的沙发、红色的茶几、红色的橱柜……

我在人堆里挤来挤去，头上渗出了汗。我想，新娘子怎么还没来？不会是赖床吧？今天可是周六。我正焦急地张望着，门外忽地响起了鞭炮声，大娘喊："媳妇来啦！"人们赶紧让开一条路。

新娘蒙着红盖头，在两个伴娘的搀扶下进了大门。院子里又响起了鞭炮声，一些糖果散花般飞下来。我高举着双手，仰着脸，捞到几块。一些落进了人缝里，我努力分开人腿，急急地去抢。终于，我又抢到了几块大虾酥。

等我走出院子，看到我娘和三婶正帮着从厨屋里端菜，款待宾客。盘子一个一个端上来，有红烧肉、炸丸子、红烧刀鱼……我上了桌，看到大娘大爷坐在主桌上。大娘站起来，端着酒杯，冲大家说着什么。嘴巴经过酒杯的折射，像燃烧的火焰。大娘讲得很起劲，边说边笑。我一边夹着菜，耳朵一边竖着，听出意思是从此以后，他们家添人啦！……大娘谈笑风生，嘴巴张张合合，从新娘表扬到新娘的父母，又表扬了新娘的那个村子、那个镇子……大娘还拉过新娘的手，让他们去给大家敬酒。垒哥哥和新娘子走到桌前，和大家碰杯。

我吃了一个够，喝了新娘敬的酒，大娘的嘴还没有停下来。她真像一个话痨了。

九

　　一天，我们正吃晚饭，垒哥哥闯了进来。他大张着嘴，却一句话都说不出。我娘端给他一碗水，他喝了几口，才带着哭腔说："叔、婶，我娘被车撞了！"我爹娘一听，立刻跟着他走出屋去。

　　垒哥哥结婚没多久，大娘就又去干劳务了。这天很晚了，她蹬着自行车，在幽黑里前行。后头一辆大货车驶来，使劲摁喇叭。大娘不知在想啥，还是照着原来的路线，不紧不慢地蹬着。大货车刹不住车了，一下将大娘撞飞出去……

　　大娘的右腿折了，身上多处伤痕。她不得不在医院住了好些天。我娘摇着头说："这下，可够你大娘受的了。"

　　大娘出了院，我去看她。小院里，花开得依旧繁盛。新媳妇是个勤快人，将一切打理得井井有条。她戴着一块蓝头巾，正在厨房忙活着。大娘躺在西厢房床上，脸很黄，发卷散开了，茅草般堆在头上。右腿缠着一条雪白的绷带，直直搁在那里。

　　大娘一见我来，骂起那个司机，说："天杀的，老娘好好在路上骑着，他却向我冲过来！唉，当时我一定是撞晕了，什么都不知道。要不是有人上夜班碰到我，那该死的司机就逃了！"大娘吸了口气，仿佛又回忆起那个夜晚，给她无限痛楚的夜晚。她使劲拍了一下腿说："哎呀，为什么不撞死我呢？为什么不撞死我呢！瞧瞧我这腿……"

　　我赶紧说："大娘，谁都有意外哩。前年谁背砖，不把腰扭了？还有李婶小儿子，去年差点在弥河里淹死……"

　　大娘叹口气，说："红红，你知道耽误我挣多少钱吗？现在正是出苗子的好时机呢，一天差不多两百！那该死的司机来看过我几回，把医药费赔了，可俺的误工费呐？……"大娘的眉头成个疙瘩了。

几只蛐蛐"瞿瞿"地叫着,在这深秋,更显出世界的空落。过上一阵,它们将会被秋风吹走,回归永恒的土地。而蚊虫们,也不见踪影了。

大娘还在抱怨着。我不知道怎么安慰她。因为抱怨,她的脸色很难看了,鼻尖上那颗痣,如一粒黑米,似乎在慢慢地长大,长大。

我感到了气氛的压抑。过了会儿,便找个借口,回家去了。

十

奶奶没能住进大房子,这让她分外不满。大娘大爷住在东厢房里,垒哥哥住西厢房,还有两间,兵兵住了一间,另一间,大娘将衣物被褥堆在里面。南屋腾出来,大娘让奶奶搬了进去。奶奶捶着床板,骂两口子不孝敬。骂一会儿,便嚷:"天谴的!……"那桦木床板,被时间的流水浸了,有了不少的缝隙,奶奶一捶,就发出"哎呀,哎呀"的叹气声,又像在抗议。然而抗议是无效的。奶奶只好抻开那条同样有些年头的被子,坐了上去。

奶奶的脸上生着不少老年斑。它们像豌豆,一粒粒从奶奶的身体里长出来,落满她的额头,落满太阳穴,落满腮蛋子,甚至有两粒还挤占了她那薄薄的人中。奶奶用手搓它,搓不掉,用水洗它,也洗不掉。奶奶叹口气说,这些黑东西,都是被"那个婆娘"气出来的,当初,自己可是村里的一朵花哩。

的确,奶奶的肚子也鼓鼓的,似乎藏着不少气。那些气永远不会消落,随着时间的流逝,像蘑菇一茬茬生长着,越来越多。所以,奶奶的肚子也老是咕噜噜的。

但奶奶,有时也是欢喜的。气扎得深,欢喜就冒得格外高一些。这天,奶奶挥着双手,眉目沾满了春风。"啧啧,你们不知道呀!……"

奶奶摇着头。

她的语气颇为吸引人，人们都盯住她的嘴巴。奶奶见成功吸引了众人的注意力，便咳嗽一声，点着拐杖头，一顿一顿地说："那婆娘，你们知道不，居然，居然在捡破烂！嘻，她不是成天嫌俺脏吗？"

人们你看看我，我瞅瞅你，有点儿不相信似的。

奶奶提高了声音说："真的，骗你们，俺就是猪狗！哼，别看这婆娘收拾得利利净净的，她可是整天在和粪球、蚊子、苍蝇打交道哩！"

"你咋知道呐？"王柱家的轻轻摇着扇子说。

"我咋知道，我咋知道？"奶奶戳一下拐杖头说，"就是不看见，我也知道，何况，我还亲眼见着了！——那天，我从前街回来，看到个人影，一晃，又一晃。她就是化成灰俺也能认识哩！我藏到一个大麦垛后头。那霍月桂，拿着一根棍子，东拨拉一下，西拨拉一下，终于找出几个罐头瓶子、几块硬纸板。她把这些东西一股脑放进脚边的尼龙袋里。放好了，还四处张望一下。我本来想走几步，又赶紧退回去。哼，她还以为，自己捡破烂不会被别人发现呢！大晌午的，日头把俺全身汗都蒸出来了，她也不嫌热！我一直看着她在那里翻找，后来，我的腿都麻了，就走回家来……"奶奶捶着后背，绘声绘色地说。

大娘怎么也想不明白，关于她捡破烂的事，大家怎么知道得这么快，而且流传得这么广。她大中午的捡点东西，趁着暮色将这些东西遮上油纸拉到镇上废品收购站，换几个钱，居然会有人看到？后来，她琢磨了又琢磨，觉得那些话，一定是那个"老婆子"散出去的。

大娘的腿去掉石膏后，并没有完全好起来。车祸带给她一个后遗症，她的右腿似乎短了一截，走起路来一瘸一拐的，走上一阵，腿便酸软无力，她只好歇一歇。这样一来，她就再也不能干那些出花苗、码砖之类的力气活了，只好趁空捡捡垃圾。

大娘叉着腰，来到奶奶屋门口，说家里有一只长舌雀呀，小心被老鹰叼走！奶奶扶着门，笑眯眯地说："就是我说的，咋了？"

这天，兵兵不肯去上学了。因为同学们都知道了他家里捡破烂，说他身上也有一股破烂味儿。他们不肯和他玩，也没人愿意跟他同桌。大娘一瘸一拐地走到学校，找到校长，好一通理论，又用好言好语安慰兵兵。兵兵又背着书包走上上学的路。但他的话，明显少了。

大娘放弃了捡破烂，她去罐头厂干活。但没多久，她就回来了。在罐头厂，一天都得坐着，腿难受，挣得也不多。大娘又去镇上领了一些纸，摊到桌子上，打了浆糊，糊火柴盒。糊一阵，她便起来走动走动。玉米绢子下来的时候，她就坐蒲团上，继续编筐编篮子。

十一

大娘再一次成为众人瞩目的对象，是在秋收的时候。玉米沉甸甸地挂秆子上，青纱帐变成了黄纱帐。我们都在加紧收割玉米。

这次，兵兵帮着收割了。垒哥哥已经成家，地也分了，他家的地紧挨着大娘的地。

大娘的动作不如以前利索了，好在兵兵收割得快，他的身量已经长成，劲儿也不小。他握着镰，弯着腰，目不斜视，仿佛一棵棵玉米是他的敌人，他要加紧把它们消灭。我娘直起腰来对我说："看看，还是男孩子顶事儿。"作为一个女孩子，我爱臭美，也不爱干体力活儿。割几棵玉米，我就弯腰采棵婆婆纳或者蒲公英、野菊花，回去，我将它们装墨水瓶里，放到我的小书桌上。听到我娘的话，我撇了下嘴。兵兵懂事，他从小就比我懂事，可那又怎样呢？

日头到了正中，我们都来到地头，啃起干粮。一上午的劳作，浑身像散了架。鸟儿像弹丸飞过，有时落在细细的电线杆上。今年雨水少，弥河似乎也瘦成了一根电线杆，闪着微弱的光。

一个身影朝大娘走去，是方花花。她家开着一个肉铺，常年吃肉，她的腰和腚一样粗，走起来，也像只雌猪。她对大娘说了些什么。我们看到，大娘抬起头，望着天，又对方花花说了些什么。忽地，方花花一搡大娘，声音大起来："啥时还的，啥时还的？唉！"

　　我们都凑过去。两个女人这时已扭住对方的胳膊，嘴里骂骂咧咧着。方花花推着大娘，大娘一个趔趄，但很快，她又直起身子，扭住方花花。从两人边打边骂的话语里，我们明白了，垒哥哥结婚时，大娘问方花花借了三千块钱，方花花好几次去要，大娘都说缓缓。就在刚才吃饭的工夫，方花花又找大娘要，大娘居然说还过了！"大家评评理、评评理！"方花花提高着嗓门，她的声音像一面锣，"这个娘儿们，前年花言巧语，说几个月就还俺！俺大儿要在镇上买房子了，得用钱，这次找她要，她居然说还过俺了，你啥时还的，俺怎么就没见一个子儿呢？……"方花花气愤地说着，一边去薅大娘的头发。

　　大娘躲闪着，一边跳着脚，大白嗓子把天空的鸟儿都呛飞了："还过了，就是还过了，俺可不能还第二遍！"她也去薅方花花的头发。

　　人们抱着胳膊，指指点点，有的笑着摇头。垒哥哥的媳妇早红着脸，躲开了。垒哥哥几次想上去分开两个女人，可她们就像紧紧拧在一起的麻花，垒哥哥不知从何处伸手。兵兵开始站在人前，这会儿躲到人后，脸色苍白。

　　人们说："算了吧，不要打了。"可是，并没有谁真正劝架。这两个女人，上演的这一出戏，着实是对大家一个上午辛勤劳作的犒赏。有人存心想看一个究竟，两个女人厮打到这边，他就跳到这边，厮打到那边，他就跃到那边。

　　大娘和方花花的脸上各挨了几道，衣裳也被扯破了，露出白花花的肚子。方花花是白猪肉，大娘像腊肠肉。她们的头发也支棱起来，似乎怒气给了它们无限营养，随着她们的动作，摇来晃去的。两个人的脸都有些扭曲，眉目不是眉目，嘴不是嘴。人们的笑声、嚷声充斥了整个天空。

忽地，人们听到一声带着哭腔的喊："娘！"一看，兵兵咬着嘴唇，眼里闪着泪，脸涨得通红通红的。

然而，没有人理他。大娘更像没有听见。

我爹和垒哥哥跳上去，一边闪着，一边试图抓住两个女人的胳膊。不过没多久，他们身上也不可避免地挨了几道。我爹骂了一声，跪下来，瞪着眼珠子，死命摁住滚在地上的女人。地上的草，都被她们压趴了。

两个女人像累了的陀螺，终于停止了翻滚的动作。

她们慢慢松开了对方，像一对连体婴儿，被分割开来。她们站起来，仇恨地瞪着对方，指着对方的鼻子，说一辈子，谁再理对方谁就是狗养的。

十二

兵兵不愿再上学了。这让大娘十分失望，她说，兵兵是个学习的主，不上学了，将来对国家是一种亏欠。不过，兵兵似乎下定了决心，他不再做作业，还开始逃学。三番几次的，我大娘只好死了心。她到街上逢人便哭诉，说她的兵兵，长得像自己，学习也像自己（谁知道大娘上过几年学呢），将来国家得多亏呀！兵兵要是坚持上下去，一定比红红考得还好！——这一年，我考上了高中，是我们村两个考上高中的学生之一。

兵兵去聊城打工了。聊城离我们镇子五六百里，坐车得好几个小时。听人说，兵兵开始在一个饭店洗碗，后来到了一个车床厂，最后，在一个理发店里安顿下来。半年后，兵兵寄给了大娘一笔钱。大娘跑到街上，抓住人的衣襟对着人谝："俺兵兵，总是有出息的，比个妮儿还懂事哩！"她也逮住我娘的胳膊，念叨兵兵的好处。我娘说："瞧你大娘，被兵兵烧的，不就是理个发吗？"

我大爷已经不干建筑了。长年干建筑，他的背驼了，本来瘦得像根竹竿，这会儿像棵鸡屎藤了。垒哥哥每年给大娘大爷一点钱，大娘也不再干活了。

奶奶是个老奶奶了，腰弯成了初一的月牙，她看人时，双手把着拐杖，努力地仰起头。她嘟嘟哝哝的，说自己的背之所以驼成这样，是生养儿女累的！她一字一句吐着她的辛劳和那些年的不容易，怨尤像蓬蓬菜勃发着。奶奶提着小板凳去街上，一坐老半天，对大娘的编排也越来越精彩。对兵兵，奶奶也看不惯，说好端端的娃儿，跑那么远去，谁知道在外搞什么！

大娘没事干了，就和奶奶干。常年的积怨，有的是时间一点点发泄出来。两个人的体内都藏了一条携泥带沙的河，滚滚而下，彼此不得安生。院子里时响着她们的嘟囔声、叫骂声。谁都想吞并对方的河。一日，三婶从大娘后墙下过，听到尖厉的声音响了许久，后来，她捂着耳朵走开去，"呸"了一声，说："两个碎嘴婆子，几里外都能听到！"

垒哥哥打井，打出来一堆湿淋淋的泥土。大娘让堆到南屋的门口。奶奶敲拐杖时，拐杖被黏住了，再发不出那种清脆的声响。奶奶破口大骂。大娘扫院子，也不再扫南屋门口，说奶奶又不是缺胳膊缺腿的，锻炼锻炼没坏处。奶奶在大娘家，肚子像爆破的皮球，隔上一两个月，就去姑姑家待上一阵。

十三

虽然我的学习十分紧张，但关于兵兵的消息还是不时吹进我的耳朵。这些都是大娘说的。大娘似乎终于悟到，鼻尖上那颗痣对应的"好运"，原来是兵兵带来的。她兵兵长，兵兵短，兵兵高，兵兵低。整个村子里，说的都是兵兵。"兵兵给人剪头发，刷刷刷，剪完，那人像换了张脸；兵兵给人烫头发，咣咣咣，烫完，灰扑扑的地面都亮了。俺兵兵是谁？是首席理发师呀！首席理发师干啥的？就是一个人，进了理发店，谁都不找，先找俺兵兵。再来，还是先找俺兵兵。谁叫俺兵兵能呢？……"我娘实在听不下去了，这天吸溜着水杯对我说："自从兵兵寄了钱来，你大娘的脸就像烧成了猴子腚。就算剪得再好，烫得再好，还不是一个剃头匠？"

大二那年暑假，我见到了兵兵。他已完全不是少时腼腆的模样。大概在外经历的事情多，他的话也多了。跟他回来的，还有一个女孩。那女孩圆脸盘，翘鼻子，嘴角也时时翘着，见人就笑。兵兵说这是他未婚妻，打工时认识的。

这次回来，兵兵是来看宅基地的。他打算紧挨着仝哥哥的房子盖一所新房。看得出，他在外有了不少收获。他将烟灰磕到一个杯子里，我注意到他的双手，指甲黄黄的，像洗不掉的茶渍，那一定是染发时弄的。

兵兵给我理了发，重新设计了发型。之前我留着齐耳根的学生头，兵兵说，这样显不出我脸型的线条。我的脸属于鹅蛋脸，他将我的刘海打薄了，将一边的头发剪短，另一边则长一些。我往镜子前一照，洋气又自信，整个人似乎都清爽了不少。

兵兵结婚的时候，我没有回家，我正在一个公司实习。我十分珍惜这个机会，那委实是个十分好的公司。

但我娘，还是将兵兵结婚时的盛况告诉了我。她啧啧着，说："兵兵这孩子，一点儿也不像你大娘，又懂事，又拢人。你看，短短几年，就盖起了新房子。你大娘那个娘儿们，也不知哪来的福气，摊上兵兵这样的好孩子……"我哼了声，想，我难道就不是好孩子么？我娘话锋一转，又说起大娘，说这个娘儿们，在兵兵婚礼上又风光了一把，都五十好几的人了,脸抹得比新媳妇还白,一说话,白粉就扑簌簌往下掉,地上像铺满了头皮屑!……我腰都笑弯了。

但我着实为兵兵感到高兴,同时,也产生一丝压力。什么时候,他成我的榜样了?

十四

然而,命运给你多少高光,就会让你跌进多深的幽谷。谁都逃不过这个潜在的法则。谁能想到呢,那个千人夸、万人羡的兵兵,有一天,居然得了不治之症。

我娘让我到省肿瘤医院去看他,说:"在县里、市里都看过几次了,你大娘大爷死活不相信,说那些医生全是睁眼瞎。他们兵兵多好呢?兵兵是天下最好的孩子,你大娘鼻子上的痦子,全应着兵兵呢。痦子在,兵兵就会在!现在,他住进省肿瘤医院好几天了……"

我请了假,买了一些水果,又包了些老人头,就去看兵兵。

按照我娘告诉的地址,我辗转找到病房。

到处弥漫着一股药水的味儿。我十分怕这种味道,它像一个不祥的征兆,弥漫在医院上空。那些哭泣声、嗟呀声都是它带来的。

推开302病房的门,一个满脸肿胀的人躺在病床上,一只手伸出被子,顶上插着几个瓶子,一些黄色的液体啪嗒、啪嗒滴进血管里。

听到声音,那个人艰难地靠到床头,叫了一声"姐"。

这是谁?我仔细地看看。他又叫了一声"姐",声音很微弱。我认出来,这就是我的堂弟,从小跟在我们屁股后面捉知了猴、逮天牛、为我理发的那个男孩子。他只有25岁。他的眼睛肿成了一条缝,闪现的目光是绝望的、平静。我的眼泪一下涌了出来。

我轻轻地放下东西,张望一下,问:"大娘和大爷呢?"

兵兵吃力地说:"我娘,我娘回家筹款去了。我不愿……不愿她去,可她不听……我爹听说你来,刚出去了。"

也许,大爷见不得我这样一个健健康康的人闯进他儿子的病房,又或者,我的出现会激起他一身的伤痛,故而躲开了。

"昨天,这里刚走一个人,也是个小伙子……"兵兵下巴往左边的病床一戳。

我绞着手,不知道该说什么好。我没有这样的经验,也很少来看病号,尤其是这样重的病号。

一时无语。空气有些滞闷。

"姐,那边有苹果,你削一个吃吧……"兵兵说。

我"嗯"了一声,走到床头柜旁,拿起刀子,一下一下在一个苹果上剜着。果皮一点一点剥下,掉在地上,苹果露出白白的肉。

我把苹果递给兵兵。

兵兵摇摇头,说自己什么都吃不下。

我一小口一小口咬着苹果。它们在我嘴里不停搅动着,塞着我的口腔。我更说不出话来了。

"姐,你说,人为什么要死呢……"

小刀一下掉在地上,苹果也差点跌下去。"这个……谁都会有这么一天吧……"

兵兵苍白地笑笑,从枕头底下掏出手机,示意我过去。我走过去,看到屏幕上出现一个圆脸盘的女人,那是他媳妇,挺着一个大肚子。

"还有三个月要生了。我差点就能当爸爸了……"哽咽声从兵兵喉头发出来。

……

我实在待不下去了,告诉兵兵,单位还有事,也等不及大爷回来了。说完,我把纸包塞到他枕头底下,飞也似的逃了出去。

十五

大娘回去筹款。她来到村支书家，村支书正在吃饭。大娘夺下他的饭碗，让他到大喇叭上吆喝，要求每家每户至少捐款 100 元，好挽救她的兵兵。"兵兵可是人才啊，少了他，国家可怎么办？我可怎么办？"村支书很同情大娘。那天晚上，谁家都听到了大喇叭里高亢激越的吆喝声，近似命令。而村里人也很积极，我娘捐了 200 元。但这，也抵不过兵兵高昂的治疗费用。大娘又挨家挨户地去借钱。

村里人说："你大娘，魔怔了。谁说兵兵不是她整天得意烧出的病呢？人不能嘚瑟啊……"又有人说："大娘祖上是隔代遗传。这种病，全国也少找！听说你大娘有个小叔子，就是 20 出头的年纪死掉了……"

奶奶捶着床板，流着老泪骂大娘，说刚过门的时候，就知道霍月桂不是个好种。谁家儿媳妇不听婆婆的呢？这霍月桂，一辈子就爱找她老人家的茬……她老人家，要是早知道霍月桂"隔代遗传"，死活把着门不让她进……

大娘正伤心得厉害，一头撞到奶奶身上。奶奶握着她的头，哭得更厉害了。

十六

兵兵走的时候，是一个深夜。他蜷缩在大爷怀里，睁着眼睛，微微笑着。大爷全身都在抽搐，一句话也说不出来。大娘哭天抢地，拕挲着两只手，泪把地板洇成了小湖。兵兵说："娘……"大娘扑过去，逮住兵兵的手。兵兵又叫了一声："娘……"

大娘不顾众人的反对，把兵兵埋在村头不远的麦地里。

大娘没事就到兵兵的坟前，一坐老半天。

麦子已经半人高了。大娘坐在那新新的高高的坟前，一搭一搭地哭着。她述说着兵兵小时候的事情，说有一次，她摊煎饼，兵兵提着糊糊桶子到厨房跟着，她看见兵兵的小腰都要累折了。兵兵学习多好啊，不像垒。兵兵念那些个外国字母，一遍就会了。她听不懂，狗听不懂，风听不懂，可那些老外都能听懂，兵兵有一次还领回一张奖状呢。说兵兵理发多能啊，整个中国的发型师也比不过他……说着说着，她的头就垂到地上，不，仿佛她的头长到了地上，久久拔不出来。

她换着花样给兵兵做好吃的。兵兵爱吃洋葱炒肉，她炒了一大锅，放一个大盘子里，端到坟前，又给了他几个馒头。有时，她会包饺子，有时，她又做韭菜盒子。坟前的菜几乎没有重样的。大爷吃不饱了，迅速地瘦下去，似乎风一吹，也会像兵兵一样倒地。大娘也瘦了不少，但那些菜，她不舍得吃。她呆呆地望着那座新坟，期待兵兵走出来吃。他会像从前那样，一边夸自己的手艺好，一边狼吞虎咽地吃掉。有一天，儿媳来喊婆婆回家，大娘眼睛瞪得牛铃似的，拉住她的手问她看见了没——她的亲男人呐！他说七天之后，就要还魂，回来和他们一起住……儿媳吓得大叫一声。此后，她就回娘家待产去了。

人们不时会听到坟前咿咿呀呀的说话声。时而高亢，时而幽咽。小孩子不敢从那里走。人们赶集、做工经过那里，望一眼，摇着头。

有一次方花花去走亲戚，走的时候看到大娘坐那里，日头西沉了，她还待在那里。方花花忍不住停下车子，上去劝慰，让她安心点，人死不能复生……大娘一把扯住她的衣襟，痴痴地望着她。方花花使劲拽自己的手，怎么也拽不出来。

方花花捂着心口窝对大爷说，赶快替这个婆娘叫叫魂吧，她一定是被兵兵勾魂了。

然而，忽然有一天，大娘收拾得整整齐齐，头发抹得光滑滑的，来到街上，对着每一个人聊天、微笑。她又提着尼龙袋子，来到街后头，用一根棍子东拨拉一下，西划拉一把，从中拣出一块块纸板、一个个罐子。

有人问："月桂，你这是做啥呢？"

大娘嘴角一提："俺家兵兵欠了不少钱，俺替他还钱哩。"

十七

奶奶没想到，当她再次提出住大房子，大娘竟当即同意了。她从兵兵的新房里搬出来，住到垒哥哥家，让奶奶住进了兵兵的屋子。

大房子果真是大。奶奶拄着拐杖，仰脸四处看着。花枯萎了，不过一串红还开着。墙上挂着兵兵和媳妇的结婚照。兵兵穿着西装，打着领结，朝奶奶开心地笑着。奶奶望了一会儿，又来到院子里。草长满了墙角，那株南瓜从厨房垂下，已结出一个硕大的瓜来。那棵石榴树弯着腰，在风中晃动着。奶奶忽地点了一下拐杖，朝屋里戳戳，眼角流下浑浊的泪来。

奶奶越来越老了，白发飘拂，记性也变得奇差。有时，她忘记钥匙放在了哪儿，到鞋子里、墙根下四处翻钥匙。有时，拐杖不见了，趴在地上，抓着天空到处找拐杖。有时，脸盆也不见了，只好用水桶洗脸。

但奶奶没忘了吃。大娘每天按时送饭过来。她将两个菜、几个馍搁到桌上，奶奶嗅得气味，颠颠地过来，用手抓起馒头抓起菜。几乎是风卷残云，菜消失了一半，馒头消失了大半个。大娘一边看着，一边摇头："这老婆子……"

兵兵生病后，垒哥哥吓得赶紧到市里医院做检查，好在他身体没问题。他在镇上开了个茶叶店。大娘为给兵兵治病，逼迫他把店盘出去。母子两人几乎闹翻。后来，垒哥哥原谅了大娘，但从此之后，他几乎天天泡在茶叶店里,.嫂子也和他在一起。

奶奶吃完了饭,便坐在蒲团上。大娘有时也揪过一个蒲团,坐一坐。婆媳隔开一段距离。屋檐捧着一张蓝天,云在上面飘过来飘过去。两人定定地看着。云似乎还是那些云,有时又不像。一只野猫轻轻地从屋檐跳下。风吹过,树叶子哗啦啦响,几片落下来,飘到两人的衣襟上。

两人有时互相看一眼,但什么都不说。

菏泽的芬芳

四月,我来看牡丹。我久已知道它是倾国倾城之花,迷倒过无数的文人墨客。李太白把唐玄宗的爱妃比喻成牡丹花,之后,牡丹花便和绝色美女联系在一起。花有梅花、兰花、石榴花等不下万种,人也有美丑高矮之分。但牡丹花和杨贵妃,绝对是花与人的顶峰了。

还没进菏泽城,香气就扑面而来。如同蛛丝,紧紧地缠缚着我。我大口地呼吸。一路上,我沾风带尘,疲惫不堪。此时,忽地像喝了一杯美酒,精神为之一振。

等进得城中,疑心自己是否尚在人间。那么多牡丹——不,是千千万万个古典的女子衣袂翩翩,含笑望着我。她们脸面或粉或白或黄或绿或紫,眉目或弯或斜或平,朱唇或丰盈或宽展或温厚。但每人都堪称惊艳,曜着我的眼睛。

从没有这样一种花铺铺张张地展示着美,也从没有这样一种花让我深深地感到自惭形秽。

朝男人们觑去,他们的脸庞竟然浮上一丝红晕。

来菏泽,就是看美的,就是要把美明目张胆地揽入怀中。

不少外国游客咔嚓嚓摁动快门。他们背着老大的行李包,走了万里的路,但并不妨碍他们生出迭声的赞叹与兴奋。

花农们一边编着花环一边呵呵笑。花环飞上人们头顶,花朵握在人们手中，还有的女孩子头上戴着花环，怀里抱着花束，又去追被风吹跑的花片。

菏泽的牡丹怎这样亲和？她不拒绝人们对她的渴望。她允许每个人与她合影，允许他们钻进花丛，吻她的面容；允许他们带入家中，做案头的美物……她不像人们想象的高高在上。芬芳渗进每个毛孔，飘向老柳古槐，拂向幽晦的水泽，又升入高高的天空。若是落下一场雨，也必是香的。

牡丹是菏泽人的最爱。从一株花入土、萌芽、生长、开花、结籽，每一步，菏泽人都悉心地照料。他们对待牡丹像对待心仪的女子。在菏泽随便问个人，都能细致地说出她的前世今生。

说不准初时是怎样一双手在这片土地首先种下了牡丹。那必是一双喜欢美、侍弄美的手。他从未想过，除了欣赏，牡丹还会给这片土地带来丰厚的经济利益。到隋朝，牡丹已大片种植，唐宋时形成规模，皇帝宴请大臣每每有牡丹花作陪。到了明朝，"曹州牡丹甲天下"的美誉在全国范围固定下来。牡丹花占领了菏泽的大街小巷，十里阡陌。

听啊，牡丹似乎在笑。那笑声或温柔，或清脆，或爽朗。赵粉如恬静的处子，抖抖霞衣，脸颊泛起一抹红晕；景玉肌肤胜雪，经风历雨而不染纤尘，笑声也是极白极白的；胡红的朱唇开启，露出整洁的牙齿，笑如银铃；虞姬则似夕阳，艳美中带着一丝清幽……这些个美人有一千种面目，一万种姿态，让人眼花缭乱。

而牡丹的绮丽无形中也让菏泽多了几分温柔气息。菏泽向来是"好汉"之地。伏羲在这里出生，黄帝和蚩尤大战于涿鹿之野，霸王项羽在此夺得帅印，刘邦于池水之阳举行登基大典，更遑论那振臂一呼天下响应的黄巢、宋江了……即便在平和的日子里，这里也多是男人们拼搏的天下。菏泽西纳济水，东出菏水，南通淮河、长江、东海，东北出济水入大野泽，又北连雷泽，南纳黄沟枝流，通孟诸泽，自古便是水上交通枢纽。十几年前人们平地起高楼，不经意间挖出一条21米长的沉船，船上载满了青花瓷、玉器、玛瑙等上百件珍宝。经考证，这船或为自南向北行驶途中不小心遭遇了撞击。可见当时菏泽水路之盛。不知多少的硝烟曾飘浮于这片古老的土地，不知多少的血性男儿将身心抛洒在这片热土。这些，被牡丹一一看到了。

菏泽几百岁的牡丹不在少数。百花园里有株"玉翠荷花"已经历400多年。干似虬龙，开出的花却依旧鲜嫩、娇艳，一如初时的模样。

牡丹越活越年轻，渐渐成了神仙，人却一天天地老去，在花下消失了痕迹。

转头看到一位老者，推车上拥拥挤挤全是牡丹花。老者咧开嘴角说，菏泽人喜欢牡丹，好似喜欢阳光。他的父亲和爷爷一辈子也全献给了牡丹。听说现在菏泽的牡丹有5000公顷，1200多个品种。

菏泽人与这些花朝夕相处，同享一片天地。一提起菏泽，人们就会说："哦，牡丹！"一提起牡丹，又会说："哦，菏泽！"一座城与一种花如此密不可分，是幸运，更是一种美丽。

尽管菏泽人珍爱牡丹，却不想桎梏她。他们愿意她走出菏泽，走向全国，乃至世界。如今，牡丹的芬芳已飘到世界各个角落。不知有多少双手接到菏泽送出的美意，也不知多少瓶牡丹籽油、牡丹花茶和牡丹提取的化妆品送达人们手中。

常生的葛巾仙子飞走了，菏泽的牡丹花神却极为眷恋故土。2002年，她曾随"神舟三号"飞船在太空绕地球飞了108圈，之后，因思乡心切，又翩然下落于百花园，与一干姊妹生活在一起。经过了太空洗礼，她开出的花朵更鲜艳，枝干更遒壮。

就这样走着，看着。仿佛身处一个幻梦。想自己这尘俗之人何德何能，竟与这倾国美色如此亲密地接触；自己这一双俗眼又哪来的良缘，一日之间尽赏天下美景。而梦终要醒来。一缕惆怅不觉浮上心头。便恨不得自己也化成一株牡丹，藏在万千花朵中间。

青青漱玉，梦里故乡

春风轻盈地裁剪着柳丝，深粉、鹅黄、玫紫……各色花儿竞相绽放，济南的春天已到了恰好时。在这城府的中心地带，有一道泉水汩汩涌出。清澈，明亮，奔流尺丈，又汇入不远的螺丝泉中。水面仿佛起了一层薄薄的雾，花的香气、泉的香气、柳的香气彼此缠绕、上升，让人一时分不清是幻境还是现实。在时光的氤氲中，恍惚有一女子，轻移莲步，含笑着款款而来。她褰起裙裾，先撩了一下这水。指尖一激灵，似乎被冰着了。她干脆俯下身，掬起一捧水，"哗啦"淋在脸上。杏目桃腮，脸颊泛起微微的红晕。女子扶栏喘息，这一时的满足，反而有了些许怔忡。

从此处望去，北面可看到大明湖，那是一片烟波浩渺的所在；往南触目，可见到千佛山郁郁葱葱，那里是虞舜躬耕之地，兼佛法慧明，肃然静穆。

"水光山色与人亲，说不尽，无穷好！"这女子不由轻轻感叹一声。济南的泉水涤荡着她的性情，陶冶着她的文心。她在山水间流连，忘记了时间，也忘记了归处。济南处处美景，人文历史悠久。闲时，她许来到城子崖边，为龙山文化而不住击节，那块块巨石，让人感到生如鸿毛，浮荡在偌大的时空里；她或为九如山瀑布群的磅礴而惊叹，那一挂挂白练，简直非人间所有；她一定曾登上过齐长城，想象多年前硝烟四起，脚下响起阵阵马蹄声；她一定也会来到灵岩寺，在佛的脚下虔诚地合上双掌。清照，这慧灵的女子，把身和心都交给了济南这块土地，她熟悉它的每寸肌理，每个旮旯。当然，她最常到的或许是家旁边的漱玉泉。作为"七十二名泉"之一，它不歇地涌出，像这生机勃勃的生命。她望着，望着，似乎感觉自己也成了一滴水，无尽地喷涌起来。在这块古老的土地上，不知诞生过多少名人雅士，如子思、东方朔、孔融、王粲、羊祜、王籍、刘勰、石介……清照寻找着他们的身影，贪婪地阅读他们的文字。他们在前方，引领着她，步入幽深的文学之国。父亲为"苏门后四学士"之一，与当时名流晁补之、张耒等多有交往。他们品评诗文时，清照每每在身边。她像只鸟儿，一下子见到了云层之上的风景。

可以说，在济南的时光，是她一生中最美好的时光。无忧无虑，心壁没有一丝褶皱。她对未来的展望也是温柔的，充满自信的。

然而，世事如梦，人生几度新凉？18岁那年，她嫁给太学士赵明诚，在汴京定居下来。此后，清照便一步步被裹挟进生活的大洋，浪头朝她劈面打来，她的心，也不知不觉苍老了。

婚后第二年，李格非受党争牵连，名列"元祐奸党"，被发配到了千里之外的韶州。从此，父女难以相见，只得靠书信寄托思念。而公公赵挺之时为尚书左丞，权倾一时。李清照向公公求救。公公出于各种考虑，并未施以援手。官场的微妙复杂，令这个单纯的女子心有了些许折曲。她无奈地凝望韶州的方向，想象那个最亲的人伛偻着身子怅然而叹的情景，泪如雨下。盼望700多个日日夜夜后，父亲才得以重回京师。清照本以为以后可叙天伦，风平浪静了，谁知，又一个更大的霹雳掼在了她的头顶——宋徽宗大观元年（1107年），蔡京复相，公公赵挺之被罢黜尚书右仆射之职，五天后含恨离世，赵明诚也受到牵连，被投入狱中。

清照陷入了伸手不见五指的黑暗。她感到嗖嗖的凉意。命运像一座山向她压来，她看不到一点儿亮光。灯光荧荧，映出她单薄的身影，她的心也在瑟瑟发抖。

也许她会想起济南。要是还在故乡，该有多好。她依然是那个快活的女儿，命运未曾投下它黑色的影子，她仍像往常，赏花邀月，游玩赋诗。然而，世事变幻，苍狗浮云。她抱住双肩，暗自啜泣。她一定是努力说服自己，要挺住，还有故乡，还有那些亲爱的人等着她，荫翳再蔽日，阳光总会将它扫除的。

180多个日日夜夜后，赵明诚终于脱离了牢狱之灾。但汴京显然无法再待下去了。两人便收拾细软，踏上了回青州的路途。

青州是赵明诚的家乡，与济南相距仅300余里。不可不说，这或与思乡情结有关。故乡是归依，是安宁的港湾。他们在那里安顿下来，把居处命为"归来堂"，清照自号"易安居士"。二人赌书泼茶，拈花谈笑，过的真似神仙日子。

不过，作为一个词人，清照终究是敏感多思的。赵明诚为了寻访金石，经常出游，有时一去便是数月。清照倚栏长思，以诗词表达她的心境。花开花又落，似水又流年。

有时，她会想起那道清泉。不知泉边的纸鸢是否还在高高地飞翔？是否仍像从前，挂到一根枝丫上，等待她在无人的时候将它摘下？不知泉水是否依旧汩汩流淌，等着她掬起一捧又一捧，给她以夏日的清凉？孤寂，更容易想起昔日繁华；愁闷，更易激起人们所历经的美好。故乡就这样，再次进入她的心里。它在那里，永远在那里，似乎在说：你永远是我的女儿。

1121年，李清照跟随赵明诚到了莱州。之后，又追随夫婿辗转于缁州、江宁等地。1127年，金军大破东京，徽宗、钦宗及大量皇族妃嫔被押解至金，北宋灭亡。不久，战火烧到了青州。清照仓皇之下南下寻夫。十余屋书册物什损毁殆尽，清照心如刀割——这是她和德甫（赵明诚）二人美好生活的见证，已化为一缕青烟。

　　1129年，赵明诚身染重疾，在建康奄奄一息。李清照听到消息，连夜奔往建康。她看到那个她深爱的人面容憔悴，眼神迷离，已然病入膏肓。清照垂下头，紧紧握住他的手。泪水无声地滴下，诉说着她的不舍与无奈。她面容清癯，一双眼睛仍清澈如许，像家乡的泉水。但她的眼神如此哀伤，里面汪着深深的痛苦。赵明诚闭上眼睛，心剧烈地颤抖着。清照感到握着的那双手渐渐地凉了，凉了，最后，竟至完全僵冷下去。她伏到他的身上，失声痛哭。她的爱人，就这样走了，走了，抛下她，孤零零一个人在世上。她不知道还有什么，可以支撑她再走下去。她的天塌了。

　　这一年，李清照45岁。

　　她大病了一场。疾病也许烧糊了她的头脑，让她时时陷入梦境。她看到德甫和她相遇于东京之夜。他的眼神那么明亮、专注。她多希望时光可以重来啊。她和德甫走在故乡的土地上，在漱玉泉边，留下泠泠的欢笑。他们饮酒、赏花、踏青，过不完的好日子。

　　不过，只是幻想罢了。幻想终是美的，也是注定要破灭的。

　　清照所剩的，唯有德甫留下的一堆金石书册。她从床上强撑着起来，一一检点，装了十余辆车。这是他的珍宝，也是她的。她要将这些珍宝亲自运到南方，献给皇帝。她走着，走在异乡的土地上。长长的车队像一列马队，她是掌门。她追随帝踪，浙东、金华、杭州……艰难前行。北国清纯的女儿，成了漂泊南乡的嫠妇。

　　故乡她永远够不着了。清照明白。走向异乡，就是走向了未知。"故乡何处是？忘了除非醉。沉水卧时烧，香消酒未消。"故乡永远在她的梦里，再香醇的美酒，也止不了她的渴念。"伤心枕上三更雨，点滴霖霪。点滴霖霪，愁损北人，不惯起来听。"多少个夜晚，她一次次无眠，侧耳听着雨打芭蕉，那雨，似乎也在敲打她的心。"秋已尽，日犹长，仲宣怀远更凄凉。"往后，她是一个孤独的人，一个忧伤的人。她终于明白，"故乡"，便是"幸福"的代名词。失去故乡，她与幸福也就诀别了。

1133 年，宋高宗遣派枢密院事韩肖胄和工部尚书胡松年出使金朝探望被囚禁的徽、钦二帝，李清照感到欢欣鼓舞。因二公出使的是北方，她便真诚地献诗两首，表达对二公的赞叹和希望收复山河之意。"欲将血泪寄山河，去洒东山一抔土。"她多希望自己是一名男儿，可以驰骋疆场，血洒前线，哪怕死去也不在乎！收回故乡，是她今生的夙愿。

不过，南宋终是懦弱的，这次出使只是换来了今后更多的耻辱。1141 年，南宋对金俯首称臣。故乡终成幻梦。

似乎又下起了雨。"滴答，滴答……"她侧耳听着。她自己，也多像一片叶子啊，漂漂泊泊，承受着雨打风吹。她已是垂暮之年，像那斜阳，即将坠入远山。她不知道生命还剩几何。不过，她清醒地看到了以后的结局：南方，将是她最终的葬身之处！她心痛不已。

南方不也很美吗？有小桥流水、亭台楼阁，人们吴侬软语，笑脸相对。可是，这些都不是她要的。她只要济南的云，济南的泉，济南的人。她生属于这故乡，到死也是。在她的故乡，美呈现出另一种样貌：雄浑，大气，磅礴。那些青石板，磨得像一面面镜子；那汩汩的泉水，"叮咚，叮咚"，唱着清亮的歌。湖水呢，看上去渺渺浩浩的，似乎永远望不到尽头……清照闭上眼睛，在心里勾勒家乡的模样，泪水又一滴一滴地落下来。

经历了那么多磨难，她的心壁渐渐厚了，心也沧桑不已。"生当作人杰，死亦为鬼雄。至今思项羽，不肯过江东。"诗风，不觉发生着变化。"千古风光八咏楼，江山留与后人愁。水通南国三千里，气压江城十四州。""九万里风鹏正举。风休住，蓬舟吹取三山去！"……她千疮百孔的心，恨不得来个天地翻覆，乾坤扭转！这些年来，国家沦陷，故乡失陷，亲人一个一个远离，她独自漂泊，尝尽了一个女人所能尝尽的苦楚。她不知道命运为何待她如此之薄。她要化作一个男子，去拼，去闯，去找回所失去的！她的诗词呈现出一种雄浑的样貌，在婉约之外。就像她的人，有着好多个折面。这赢得了后人的尊敬。近代沈曾植在《菌阁琐谈》中谈道："易安倜傥，有丈夫气，乃闺阁中之苏辛，非秦柳也。"又道，"易安跌宕昭彰，气调极类少游，刻挚且兼山谷……自明以来，堕情者醉其芳馨，飞想者赏其神骏。"在中国文学史上，这弱女子，以一支笔，冠绝千秋，直匹须眉。

年龄大了，心也脆弱了，回忆一点一点地涌上来。她日日怀想故乡，怀想着那些曾属于她的往事，难以自拔。许多的诗词，都记载了当时的况味。"元宵佳节，融和天气，次第岂无风雨？来相召、香车宝马，谢他酒朋诗侣。"又是佳节了，朋友相召，但她不愿出门。她宁愿忍受孤独，倚窗回想幕幕往事。就像一点一点，捏着珍贵的珠子。

这情思如此浓郁，以致成了心疾。她无法释怀。她把自己的词集命名为《漱玉词》。似乎这样，她便和故乡贴近了一分，那些美好的人和事，又闪现在眼前了。

约1155年，她在绍兴去世。

去世前，她一定又想起了家乡，它可望而不可即。那些人和事，也一一涌到眼前。她看到最亲爱的德甫，伸出手，领她走向另一个世界。

她认真地活过了一生。

多少年后，济南人不愿他们的女儿流落在外，灵魂无所归依，在她梳洗过、生活过的地方建起了李清照纪念馆。亭台楼阁，回廊曲榭。一切，都是她喜欢的样子。你可以看到她清秀的容颜，品咂她一首首臻入化境的诗词，也可以追随她的脚步，行行，复行行。

清照又回来了，以少女的姿态，永恒的姿态。她历尽沧桑，终于回到家乡的怀抱。她生生世世在这里，将不再受到任何的风吹雨打，人生折磨。

听，泉水"叮叮咚咚"，响个不停。一个窈窕的身影，飘然而过。裙裾飞扬，笑声也飞扬。身影渐去渐远了，而笑声还在时空里悠悠回荡，这莫不是她——清照？

四 叶 草

2014年，我刚参加工作。没买房子，只好租房子住。

房子不是那么容易找的。要么太贵，一室一厅要一个月一千多块钱；要么合租，和几个陌生男女一起过柴米油盐的生活。我不喜欢与别人同租，也不喜欢将仅有的一点工资投到房租上。找来找去，我的心像着了一团火。

终于，在一面墙贴的招租启事上，一个号码像救星一样降落。当我把电话打过去，按着指点来到一片建于上世纪90年代的小区时，见到了一个妇人。她笑笑，说自己姓李，是受朋友冯某所托招租的。她领着我看了房间内外。房子不大，一室一厅，地板是水泥的，卫生间有个蹲坑，没有太阳能热水器。相较之下，厨房显得宽敞一点，有些发黑的天花板挂着一盏十来瓦的灯泡，灯一开，昏黄的光氤氲不已。那间卧室是朝阳的，放着张一米五的床。窗外站着一棵楝树，结了青色的果子，筛下片片光影。窗子开着，风吹进来，头顶响起清越的声音。是一串风铃，绿色的四叶草形硬纸片下端，悬垂着4个小铃铛。李姐说550元一个月，是她朋友定的价。我看着那"四叶草"，心一动，痛快地掏出钱包，交了半年租金，并签了合同。

此后，我天天上班，一下班，便回到这"蜗居"。真的是蜗居，一转身，便似走到了尽头。条件简陋，不好洗澡，我便在附近找了家浴室，每周去撸灰；有时太累了，索性用电壶烧上一盆水简略擦擦。解手时，不用关门，阳光被客厅的墙挡得严严实实，一片黯淡。我添了一套锅碗瓢盆，自己做饭。灯泡的光洒在家具上，油烟机呜呜响着，锅碗叮当，有些古旧的味道。

　　晚上，月亮细细弯弯，皎洁的光落在楝树上，钻进小屋，像起了点点浪花。我望着头顶那串风铃。哎，那个冯月（后来我知道，这是房东的名字）到底是个怎样的人？总归混得不错吧，要不，怎么会在新加坡呢？她可真不差钱，否则房租也不会这么便宜了。

　　工作间隙，我买来不少电力方面的书，没事就埋头。我有个小小的野心，单位会时不时竞聘，也许哪天我报了名，会"中彩"。我把书堆在沙发一角，起身的时候，蓦然发现客厅墙壁裂了几道缝，弯弯曲曲的，像蚯蚓。我将手拂上去，有点凉，有点涩。以前，我从没注意到这些裂缝。我踮起脚尖往上瞅。一个念头在脑海一闪，墙的那面，应该也有一间房，不过被主人封住了。如果把门打开，这房子起码有60多平方米。我又瞅瞅地面。灰色的水泥延伸到各个角落，当中的颜色轻一些，大抵是被脚步磨损所致。我的眼前闪现出冯月和她老公。这个在新加坡生活的幸福女人，想必在这蜗居度过了一段难以忘怀的岁月。两个人在厨房做饭，一面炒菜一面说笑；或者，他们望着窗外的楝树，听着铃铃的四叶草风铃响。说是蜗居，不如说是两个人的伊甸园。

　　我把所有心思用在复习上。人资部下发了竞聘通知，检修分公司要招收一名检修工，我报了名。我用笔一点点圈下不熟悉的知识点，只要有时间，就扫上几眼。晚上下了班，我就坐在凳子上啃书。

　　一天，我正沉浸在复习中，被一阵敲门声惊了回来。敲门声又急又躁，一阵紧似一阵。我以为自己听错了。屏住呼吸，发现敲的正是自己的门。是查煤气的？不对，自从入住，他们从没有来过，况且，我总是主动把煤气费从卡里扣除。看水表的？这老旧小区已进行了装表改造，外面便可以一窥究竟。那……我的头皮突然一阵发紧，抱住自己的肩，坐到床上。

门外见没什么动静，更重地擂门。一个粗大的嗓门吼："开门、开门！我是你房东……"我跳下床，亦步亦趋来到门口，想了会儿说："我已经交过房费了，有事明天来好吗？"外头猛然恼了，门被重重踹了几下："你要是不开，老子就给踹开！该死的，我自己的家我还进不去了！……"

我只好把门打开一条缝。刚拉开门栓，三个男人就挤了进来。为首的一个留着寸头，膀大腰粗，穿着黑裤衩白汗衫，两只胳膊上有说不清是龙是蛇的纹身；另两个也穿着裤衩汗衫，一个瘦溜个儿，光头，另一个背有点偻，头发油光水滑。打头的那人应是自称"房东"的人。他叉着腰看了会儿客厅，又拐进卧室，冷不丁地伸出拳头打了下墙壁。看到窗台上摆着一盆满天星，他嘻嘻地笑起来。"磊哥，瞧她把这儿给封死了！"光头男人在客厅里喊。原来"房东"是"磊哥"。磊哥回到客厅，捏弄着下巴："等我给她砸开！不就是一个破衣橱和梳妆台……"他转过身来，竖起两道剑一般的眉毛，"限你三天内给我搬出去！否则老子……"我抬起头，战战兢兢地望着他，小声嘟哝合同还有三个月到期呢。磊哥剜了我一眼："老子管你什么时候到期！这房子就不该租，总之三天之内给我搬出去……""我，我一直是跟李姐联系的……"我说。"李姐？李虹吧，她凭什么管我的事情！这房子本来就属于我。""小妹儿，你要是一时找不到住处，可以求大哥替你租一个，哈哈哈……"光头男人流里流气地说。磊哥盯了他一眼，又把目光转向我，口气稍稍有所缓和："我不管你怎么办，反正这房子三天内我就要收回，你必须搬出去！否则老子不客气……"他晃晃拳头，又四顾几圈，带着两个男人大摇大摆地走了。

我窝在沙发里，惊魂甫定，仿佛自己刚刚经历了电视上所说的"惊险"场面。磊哥蹙眉的样子有些可怖。难道他就是冯月的老公？……我拨通李姐的电话，她听了我的陈述，答应第二天过来。

翌日上午，李姐来到了屋子。她摇摇头，叹了口气，像一个半奄子的气球，似乎要把残余的气息一点点挤出来。我递上一杯水，希望她帮我解决这个问题，毕竟在我心里，550元一个月的房子不是那么容易找的，即便找到了，离单位也不一定这么近。李姐靠在沙发上，闭上眼睛，似乎在想主意。

过了会儿，她睁开眼睛，呷了口水。"恐怕，你必须得搬出去，妹子，三个月的房租我退给你……"她拿过坤包。

我挡住她的手，再次强调还是不想退租，再说，这么短的时间，让我到哪里去寻新房子？李姐将杯子放茶几上，呼一口气："妹子，不瞒你说，我这个月也要离开泰城了，去县城陪儿子，这边的事情，我就顾不上了。"她把钱塞进我手里。我感觉自己像一只仓鼠，在这个城市被人撵过来撵过去，心里涌上一阵难过。李姐拉过我一只手，安慰说："对不起呀妹子，我给你讲个故事好吗？你听了，就知道必须退房租了。"

"这房东冯月啊，是我大学同学。她是那种不很漂亮但挺文气的女孩，小鼻子大眼睛，有点像芭比娃娃。这样的女生，总是很受男生欢迎的。不少男生像苍蝇一样黏着她。周磊也是其中一个。周磊老家在农村，是个穷小子，听说为上大学还借了不少钱。但冯月就是喜欢他。也许看他勤奋刻苦，年年成绩第一，也许看他高高大大，有安全感。但冯月的父亲死活不同意闺女和周磊在一起。冯月父亲开着个小小的五金店，生意做得不错。冯月偏偏不听她父亲的话，经常拉着周磊去看电影、溜冰、逛游乐园。大学一毕业，她居然偷偷和周磊扯了结婚证，可把她父亲气坏了。"

李姐站起来，摸着墙壁，若有所思地看着那几道裂隙。"就是在这里，这间房子里——她指着墙壁被封的位置——他们结婚，我们来闹洞房。婚礼冷冷清清，女方只有我们几个同学，和她一个姨、姨父，男方一家倒都来了。冯月穿着大红衣裳，描眉画眼，头发高高绾起来，像一个公主。她坐在大红床单上，弯着眼睛。房子中央，也铺着红毯，一旁有个齐天花板高的大衣柜，衣柜嵌了一面镜子，上头贴了个老大老大的'囍'字，把人的眼都要闪着了。人们把新娘高高抛起来，要她去够天花板的彩带——每间屋子，都满满当当挂了彩带，彩带中央系着一个大红花。新娘咯咯地笑着……"

"他们生活应该很幸福吧。"我打断李姐，不知她为何要给我讲这个故事，跟我又有什么关系。那个移民新加坡的女人冯月，像一根隐隐的刺，对照着我的落魄。

"你听我说嘛。"李姐两手握住杯子，"所有人都以为他们十分幸福，他们也是我们的榜样。然而一天，我突然接到冯月的电话，她哭得稀里哗啦，让我快去，说自己就要被打死了！我扔下活计便往这跑。我砰砰砰敲门，门却不开，而哭嚷声不断传来。后来，门突然开了，一个人影滚出来。我吓了一跳。冯月的额头流着血，血糊到脸上，又和头发扭结在一起。简直像个女鬼。她见了我，一把抓住我。周磊抢过去，拽住她的头发，把她往屋里拖。我扯着周磊的手，跟到卧室，这才注意到，卧室有一些安哥拉兔子，一只叠着一只，已经死去，也许过几天，就会腐烂。冯月哭着说，关她什么事，是周磊自己没本事……周磊的拳头再一次晃起来。冯月脸上的血映着雪白的兔毛，更加触目。"

"啊……"我呷了口水。

李姐苦笑一下："你没想到吧？周磊毕业后分到了学校教设计，没多久就辞职下海了。也许为了给岳父一个说法。最早他跑运输。听说有次为了躲罚款，窝在一个桥洞待了一晚上，差点被冻死了。我去那次，他做安哥拉兔子生意，兔子得了瘟疫，赔得一塌糊涂。冯月呢，一个人带孩子也不容易，远离山西老家，自个儿在这边，公婆身体不好又靠不上。后来又听说周磊做装修生意，做酒水批发……

"再后来，她便告诉我，自己已经和周磊离了婚。她不明白，她将全部心思系到周磊身上，周磊却对她大打出手。她实在太伤心了，决定远赴新加坡。这所房子，也成为她一生难过的记忆，委托我租出去。

"现在，周磊突然出现在这里，要这房子，我也不知该怎么办。我只能给冯月打电话。她说自己虽然对这房子充满了怨愤，但这毕竟是属于自己的财产。她绝不会像从前那么傻，将哪怕一分钱分给周磊。钥匙可以给他，但她会委托律师，尽快向法院提起诉讼……唉，两个人，如今已如同水火……"

搬家那天，周磊一大早就来了。不过这次，只有他自己。他瞅着工人将东西搬上车。他不时地接电话，打电话。又扯过墙角的一根狗尾巴草，将秆子衔在嘴里，腮帮一动一动的。过了会儿，他吐掉草秆，摸出一支烟，点上。烟圈袅袅，他的脸罩在了烟雾里。

几年后的今天，我站在明亮的 22 楼，看着窗外川流不息的车流。阳台摆着几盆鲜花、一张小圆桌、两个方凳。没事的时候，我喜欢在这里喝茶。风吹过，头顶发出铃铃的声响。是那串四叶草风铃，搬家时，我从冯月的窗前小心翼翼地取下来带上了行李车。